大家小书

中国骈文概论

瞿宣颖 编著

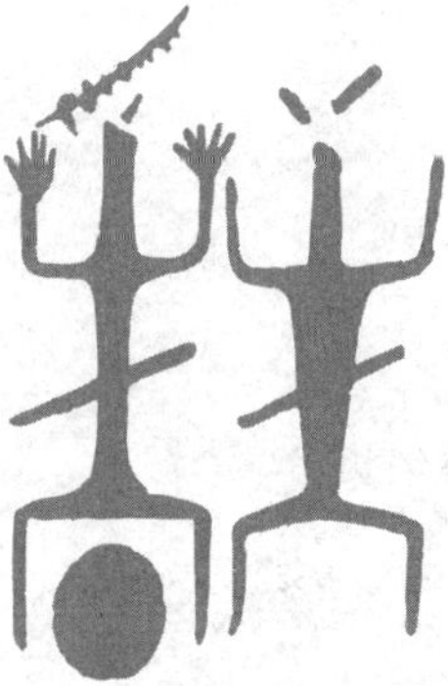

北京出版集团
北京出版社

图书在版编目（CIP）数据

中国骈文概论 / 瞿宣颖编著．— 北京：北京出版社，2022.4

（大家小书）

ISBN 978-7-200-15027-8

Ⅰ．①中… Ⅱ．①瞿… Ⅲ．①骈文—文学研究—中国 Ⅳ．①I207.225

中国版本图书馆 CIP 数据核字（2019）第099481号

总 策 划：安　东　高立志　　项目统筹：张　帅
责任编辑：乔天一　张　帅　　责任印制：陈冬梅
装帧设计：金　山　　　　　　责任营销：猫　娘

·大家小书·

中国骈文概论
ZHONGGUO PIANWEN GAILUN
瞿宣颖　编著

出　　版　北京出版集团
　　　　　北京出版社
地　　址　北京北三环中路6号
邮　　编　100120
网　　址　www.bph.com.cn
总 发 行　北京出版集团
印　　刷　北京华联印刷有限公司
经　　销　新华书店
开　　本　880毫米×1230毫米　1/32
印　　张　7.5
字　　数　130千字
版　　次　2022年4月第1版
印　　次　2022年4月第1次印刷
书　　号　ISBN 978-7-200-15027-8
定　　价　45.00元

如有印装质量问题，由本社负责调换
质量监督电话　010-58572393

总　序

袁行霈

“大家小书”，是一个很俏皮的名称。此所谓“大家”，包括两方面的含义：一、书的作者是大家；二、书是写给大家看的，是大家的读物。所谓“小书”者，只是就其篇幅而言，篇幅显得小一些罢了。若论学术性则不但不轻，有些倒是相当重。其实，篇幅大小也是相对的，一部书十万字，在今天的印刷条件下，似乎算小书，若在老子、孔子的时代，又何尝就小呢？

编辑这套丛书，有一个用意就是节省读者的时间，让读者在较短的时间内获得较多的知识。在信息爆炸的时代，人们要学的东西太多了。补习，遂成为经常的需要。如果不善于补习，东抓一把，西抓一把，今天补这，明天补那，效果未必很好。如果把读书当成吃补药，还会失去读书时应有的那份从容和快乐。这套丛书每本的篇幅都小，读者即使细细地阅读慢慢地体味，也花不了多少时间，可以充分享受读书的乐趣。如果把它们当成补药来吃也行，剂量小，吃起来方便，消化起来也容易。

我们还有一个用意，就是想做一点文化积累的工作。把那些经过时间考验的、读者认同的著作，搜集到一起印刷出版，使之不至于泯没。有些书曾经畅销一时，但现在已经不容易得到；有些书当时或许没有引起很多人注意，但时间证明它们价值不菲。这两类书都需要挖掘出来，让它们重现光芒。科技类的图书偏重实用，一过时就不会有太多读者了，除了研究科技史的人还要用到之外。人文科学则不然，有许多书是常读常新的。然而，这套丛书也不都是旧书的重版，我们也想请一些著名的学者新写一些学术性和普及性兼备的小书，以满足读者日益增长的需求。

“大家小书”的开本不大，读者可以揣进衣兜里，随时随地掏出来读上几页。在路边等人的时候，在排队买戏票的时候，在车上、在公园里，都可以读。这样的读者多了，会为社会增添一些文化的色彩和学习的气氛，岂不是一件好事吗？

“大家小书”出版在即，出版社同志命我撰序说明原委。既然这套丛书标示书之小，序言当然也应以短小为宜。该说的都说了，就此搁笔吧。

瞿兑之及其《中国骈文概论》

于景祥

从骈文史上看，上个世纪前期，清代骈文批评的余波与西方文艺思潮相互融合，骈文批评出现了新的局面，如谢无量的《骈文指南》、孙德谦的《六朝丽指》、金秬香的《骈文概论》、钱基博的《骈文通义》、瞿兑之的《中国骈文概论》、刘麟生的《骈文学》和《中国骈文史》，以及蒋伯潜、蒋祖怡的《骈文与散文》等多部骈文批评著作先后问世，成就可观。其中瞿兑之和他的《中国骈文概论》不仅在当时产生了较大的影响，对今天的骈文研究也有启发意义。

一

瞿兑之（1894—1973），名宣颖，字兑之。其别名是益锴，别号有蜕园、楚金、向平、渠弥、铢庵等。湖南善化（今长沙市）人，出身名门望族，颇有家学渊源。其父瞿鸿禨是同治九年（1870）庚午科举人，十年（1871）便中进士，入翰林为庶吉士，后任侍讲学士、内阁学士、工部尚书、政务处大臣、外务部尚书、协办大学士，曾先后典试福建、广西，督河南、浙江、四川等省学政，1918年卒于上海，后追谥文慎。生前自撰《止庵年谱》，还有《止庵诗文集》《汉书笺识》《瞿文慎公诗选遗墨》四卷，以及《使闽豫日记》等著述传世，足见为饱学之士。其母傅氏，为河南按察使傅寿彤之女，多才多艺，擅古琴，通书法，工于诗，以才女名世。其外姑为曾纪芬（1852—1942），号崇德老人，为曾国藩季女，幼承家学，工书法，善诗文，尤以楷书见长，人争宝之。清光绪二十年（1894）二月十二日，瞿兑之生于此书香门第，四岁就接受私塾教育，打下了良好的学问基础。瞿兑之自己曾不无得意地说："一生所得文史安闲之乐，于此为最。每当春朝畅晴，海棠霏雪，曲栏徙倚，花气中人。时或桐阴藓砌，秋雨生凉，负手行吟，恍若有会。"（《故宅志》）不仅家学优渥，在这一时期，他还师从王闿运、王先谦两位文坛名宿、学界大老。1906年，瞿兑之以第五名的成绩考入京师译学馆，主修英文、算学，旁及法、德、俄、意乃至希腊、拉丁等语言，在西学方面也打下了良好的基础。后来，因为代表上海大学生参加了“学生救国会”，并担任文牍，被校方开除，于是转入复旦大学继续攻读，毕业后因为家无经济来源，难以为继，于民国八年（1919）应荐北上，先后担任北洋军政府内阁总理顾维钧的秘书长、国史编纂处处长、印铸局局长、河北省政府秘书长，后来又先后任南开大学、北京师范大学、燕京大学、辅仁大学教授。卢沟桥事变发生后，在日本帝国主义的扶持之下，北平建立了伪“中华民国临时政府”，身在北平的瞿兑之改名为益锴，在伪政权掌管下的北京大学担任监督，留下了人生的污点。1947年，瞿兑之流寓上海，以卖文为生。解放后在中华书局上海编译所任特约编辑，其工作任务是点校古籍，不过其整理过的图书不能刊其名字。1968年夏入狱，后来在狱中去世，享年八十岁。

瞿兑之学问渊博，于文史、职官、方志等学科皆有很深的造诣，其中掌故之学更为其所长。他久居北京，于京师建置，及其数百年来之风土人情、街道变迁、人物景色了如指掌。加之博闻强记、才高学富，故其掌故之学堪称翘楚。一生著述非常丰富，有《人物风俗制度丛谈》《中国骈文概论》《方志考稿》《秦汉史纂》《汪辉祖传述》《李白集校注》《刘禹锡集笺注》《养和室随笔》《杶庐所闻录》《燕都览古诗话》《古今名诗选》《汉魏六朝赋选》等著作传世。吴宓先生曾高度评价说：“兑之博学能文，著述宏富，又工书法，善画山水及梅花。合乎吾侪心目中理想的中国文人之标准，兼治西籍，并娴政事。其于学，则邃于史，掌故精熟。”（吴宓《吴宓诗话》，商务印书馆2005年版）与瞿兑之同时代的刘麟生也曾对其学术修养及其成因做过说明：“瞿先生素日的修养，是这样的：他生在《离骚》的出产地——湖南，他孕育在文学之环境中，从幼年时代，亲从王闿运学作骈文，而清末的骈文家李慈铭及《骈文类纂》的作者王先谦，都是他的父执。他自己早年的修养已经很深，而又博览其他学问，作这部书当然是他的余技了。”（《中国骈文概论序》）细读二人所论，大体可知瞿兑之学术原委。

二

《中国骈文概论》一书于1934年出版，其版本、体例，及其基本内容如下：

（一）本书的版本较多。自1934年出版以来，到目前已经有十多种版本问世。

第一，刘麟生主编“中国文学丛书”本，书名《中国骈文概论》，为丛书之第三本，即1934年世界书局初版本；

第二，刘麟生主编《中国文学八论》本，此为《中国文学丛书》中八个单行本的合刊本。“八论”分别是刘麟生的《中国文学概论》《中国诗词概论》，方孝岳的《中国散文概论》《中国文学批评》，瞿兑之的《中国骈文概论》，胡怀琛的《中国小说概论》，蔡正华的《中国文艺思潮》，卢冀野的《中国戏曲概论》。前有《中国文学八论编辑旨趣》做了修改说明。出版单位依然是世界书局，出版时间是民国25年（1936），书名依旧；

第三，世界书局新排版，1944年4月出版，书名依旧；

第四，香港南国出版社版，1961年出版，书名依旧；

第五，台北庄严出版社版，出版者将方孝岳的《中国散文概论》与此书合二而一，改名为《中国骈散文概论》，于1981年出版；

第六，中国书店影印版，该版影印世界书局1936年刘麟生主编《中国文学八论》版，于1985年出版；

第七，中州古籍出版社影印版，该版影印世界书局1936年刘麟生主编《中国文学八论》版，于1991年出版；

第八，“人文袖珍文库”本，海南出版社1994年8月版，书后附刘麟生的《骈文学》，书名改为《骈文概论》；

第九，广西师范大学版，该版将《中国骈文概论》收入《中国文学七论》一书，于2007年出版。

此外，二十世纪七十年代至八十年代，台北的泰顺出版社、清流出版社、文馨出版社都曾翻印此书，又增加了几个版本，所以，根据初步统计，此书版本已经超过十种。

本社这次出版，以1934年世界书局初版本为底本，力求保持其原来面目。

（二）本书的体例比较简约。全书就是“序”和正文两个板块，主体由总论与十六个专论构成，不分章节，中心突出，简明扼要，便于读者阅读和理解。首先是“序”，然后依次是十七个论题，按照时间顺序排列。对于这种体例安排，作者做了专门解释：“著者之意，不企图在这里讲骈文的作法，因为《骈文指南》一类的书，也不算少了。而且著者之意，以为骈文是不可教不可学的。骈文与非骈文，根本上没有明显的界限，骈文也没有什么一定的格式。与其讲作法，不如讲看法，能看骈文，则作起文来，自然可以得一点益处。著者也不愿意用一般作文学史的作法来讲骈文。因为那样太拘板了，太周到了，反而使读者不能抓住问题的中心。所以只分为若干题目，略略按它们的因果次序来说明。其中为极力避免枝节起见，将许多人及他们的文章都割爱了，宁可受不完备的讥刺，而不愿意开杂货店。”很清楚，作者这样安排书的体例，完全是为读者着想：一是为了方便读者阅读，二是为了方便读者把握问题的中心和要点。

（三）本书的内容侧重骈文的要点问题。其一是骈文的成因论、体制论及其短长论；其二是骈文的起源论；其三是骈文作家论，即陆机、徐陵、陆贽、李商隐几个骈文发展史上的关键作家之论；其四是重点作品论，如《哀江南赋》《滕王阁序》《文心雕龙》《史通》都是骈文史上极为重要的骈文典范之作；其五，骈文体类论，如赋、论、写景文、书札文，等等；其六，断代骈文论，如魏晋文、齐梁体、唐代之骈文、宋四六、清骈文，揭示骈文兴盛的几个代表时段；其七，骈文与其他文体关系论，如唐代之骈文与古文、律赋与八股、八股与骈文等。这样，本书要言不烦，重点突出，其实是一部骈文史纲，特别有利于读者认识和了解骈体文的来龙去脉。对此，作者自己也做了说明："……第一从三百篇讲到《离骚》，以阐明骈文之起源。第二讲赋的种类。第三讲汉魏文体，而尤注重于陆机。第四讲骈文中之论，并略及公牍文字。第五讲齐梁体与写景文，而鲍照、郦道元的佳处，在此得以略加阐发。第六讲书札文与徐陵。第七讲《哀江南赋》及庾信之其他作品。第八讲《滕王阁序》和'初唐四杰'之一派。第九讲刘勰的《文心雕龙》和刘知几的《史通》，因为他二人都是文学批评家。

第十讲唐代骈文与古文的关系，因而说明唐以前与唐以后文章体格的变化。第十一讲开辟宋派的陆贽。第十二讲李商隐。第十三讲宋四六。第十四讲清代的骈文。第十五讲骈文的支流，就是律赋与八股。连上这篇总论，共十六篇。大约不但骈文，就由汉至唐的文学史大纲也备于此矣。”其中，“由汉至唐的文学史大纲也备于此”之说应该是画龙点睛之笔，点明了本书的内容特征。

三

通观《中国骈文概论》一书，可以看出瞿兑之的基本骈文观。其中有四点，特别值得我们注意：

其一，骈文成因观。

关于骈文产生原因的问题，论述者颇多，其中最值得注意的是南朝梁代刘勰在其《文心雕龙·丽辞》中的论述：“造化赋形，支体必双，神理为用，事不孤立。夫心生文辞，运裁百虑，高下相须，自然成对。”着重说明骈文的产生主要是受自然界的启发。后世骈文批评家如北宋惠洪和尚，清毛先舒、李兆洛等人多从此说。到了晚清至民国时期，随着骈文批评的深入，一些批评家开始从汉字本身进行探讨，如谢无量在其《骈文指南》中就指出："中国字皆单音，其美文之至者，莫不准音署字，修短相均，故骈文律诗，实世界美文所不能逮。盖虽有闳文丽藻，音调则前后参差，隶事则上下不切，此未足为美也。骈文铺叙议论，语累千万，比对精深，体裁绮密。句中自协宫商，境界视律诗尤广。"其中值得注意的是"中国字皆单音，其美文之至者，莫不准音署字，修短相均，故骈文律诗，实世界美文所不能逮"数语，点出汉字本身的特性对骈文律诗的影响。其他如刘师培也谈到这一点，其《中国中古文学史讲义》中说："物成而丽，交错发形，分动而明，刚柔判象，在物佥然，文亦犹之。……何则？准声署字，修短揆均，字必单音，所施斯适。远国异人，书违颉诵，翰藻弗殊，侔均斯逊。是则音泮轻轩，象昭明两，比物丑类，泯踦从齐，切响浮声，引同协异，乃禹域所独然，殊方所未有也。"也从汉字单音的特征出发，阐述骈文的产生原因。瞿兑之关于骈文产生原因的基本观点也是着眼于汉字本身的特征，本书《总论》中特别指出："中国许多口语是以骈体出之的。是先有了骈体的组织，然后变成口头的习用语呢，还是口语在无形中采用骈体的形式呢？固然许多成语本来是以骈体组织的，后来便成了习用语，但是我们不能忘记：中国语的特点在单音。因为单音的原故，所以用骈体组成的语句，容易引起联想与美感。古经典的多用骈句，不外这个理由。……骈偶是天赋予中国文字的特点，利用这特点，方才有许多美文。”可见，在骈文成因观上，瞿兑之与谢无量、刘师培等人相同，认为汉字单音的特征是构成骈文的重要原因。

其二，骈文价值观。

骈文在中国历史上流行了一千多年，至今余绪尚存，其存在价值本来无可争议。但是，自唐代“古文运动”开始后，一些人在反对华而不实的六朝文风时，只看到骈文的缺点，忽视了它的优点，进而走了极端，全面否定其存在价值，这种思潮延续很久，在唐、宋时期特别突出，到明、清之际，持此说者也大有人在。如唐人柳宗元在《乞巧文》中贬斥骈文说：“眩耀为文，琐碎排偶。抽黄对白，啽哢飞走。骈四俪六，锦心绣口。宫沉羽振，笙簧触手。观者舞悦，夸谈雷吼。独溺臣心，使甘老丑。嚚昏莽卤，朴钝枯朽。不期一时，以俟悠久。……”再如金人王若虚在其《文辨》中不但否定骈文的存在价值，而且主张禁绝骈文：“四六，文章之病也。而近世以来，制诰、表章率皆用之。君臣上下之相告语，欲其诚意相孚，而骈语浮辞，不啻如俳优之鄙，无乃失体耶？后有明王贤大臣，一禁绝之，亦千古之快也。”其他如明人赵南星，也主张废弃骈文，其《废四六议》中说：“余之厌四六，犹齐宣王之于败絮也。作此议，欲与士大夫共废之，而不能家至户晓，即知之而未必肯从。欲上疏，而以其事细不足言也。乃属当道彭侍御飞仲等刻之，以与宫中诸君，人各一道，骢马所至，即下令禁之，不期月而天下无四六矣。”到了清代，随着骈文的复兴，人们开始为骈文争地位，所以许多骈文批评家开始强调骈文的存在价值，如毛先舒、田雯、傅作楫、黄始、陈维崧、许自俊等人都是有力的倡导者。毛先舒在其《陈迦陵俪体文集序》中说得特别精彩：“原夫太极，是生两仪，由兹而来，物非无耦。日星则珠联而璧合，华木亦并蒂而同枝。关关锵锵，鸣必相和；镳镳俟俟，聚斯为友。物类且尔，况于人文者哉！是皆天壤自然之妙，非强比合而成之也。……或谓三古六经，气留醇朴，先秦西京，体并高古，焉用骈组，聿开浮华？岂知‘万邦’‘九族’之语，已见诸《虺诰》；‘水湿’‘火燥’之句，亦载于《文言》。嚆矢权舆，引厥端矣。至若武灵王之论骑射，丞相斯之谏逐客，往复征引，排比颇多；战国龙门，云何损格？”从天理、物理、人文等多个角度立论，直接从正面论证骈文产生的必然性及其存在价值；同时，又列举史实，证明骈词俪语早已存在于历史典籍之中，颇为文章增色，进而彰显其存在价值。其他如阮元等人认为骈文是文章正宗，进而强调骈文的价值（见阮元《文言说》《文韵说》）；而李兆洛等人又从骈散同源、骈散各有所长、骈散理应结合等角度，论证骈文的存在价值（见《骈体文钞序》）。与这些骈文批评家的论断相比，瞿兑之的骈文价值观也有自己的特点，他在本书《总论》中说："普通所谓骈文，……就是骈偶，也并不是每句非对不可，就是用典，也不是每篇非用典不可，所用的典，也不是非叫人不懂不可。他们能细腻地亲切地写景，能密栗地说理，能宛转地抒情，能说自己所要说的话，能说了叫人同情而不叫人作呕。这些都是骈文里面的好处，而近五六百年通行文体里面所不容易找到的。骈文应该全被这五六百年的人忘了——除掉它的孽种八股而外，然而也没有全忘。这是什么原故呢？只因古文只能教人作论，只能作无用的文字，而适于现实生活的，比如写一封客气点的信之类，却又非乞灵于骈文不可。所以骈文究竟不能全被抹杀。因此之故，骈文也就更不能被人真切地了解。所以我以为如果要想懂一点中国文学，必须撇开这些束缚来欣赏骈文，来看看骈文在文学史上的地位及其影响。"显然，其骈文观着眼于实用功能，着眼其表现功能，分析相当深刻，有说服力。

其三，骈文史观。

中国古代骈文发展、演变的历史流程相当复杂，人们的认识也有所不同，所以会产生不同的骈文史观。

在瞿兑之此书之前，关于骈文史的论述，或者受到时代的局限，缺乏系统性和完整性；或者出于个人好尚，过于主观、片面；或者缺乏文献依据，流于空泛；或者带有明显的成见，不能客观、真实地展现骈文产生、发展、演变的历史流程。如宋人朱熹，对骈文的历史持这样的观念："汉末以后，只作属对文字，直至后来，只管弱。如苏颋著力要变，变不得。直至韩文公出来，尽扫去了，方做成古文。然亦止做得未属对合偶以前体格。然当时亦无人信他，故其文亦变不尽。才有一二大儒略相效，以下并只依旧。到得陆宣公奏议，只是双关做去。又如子厚亦自有双关之文，向来道是他初年文字，后将年谱看，乃是晚年文字，盖是他效世间模样做则剧耳。文气衰弱，直至五代，竟无能变。到尹师鲁、欧公几人出来，一向变了，其间亦有欲变而不能者，然大概都要变，所以作古文自是古文，四六自是四六，却不滚杂。"（《朱子语类》卷一百三十九《论文上》）总体上有一概而论的缺点，对骈文的发展、变化认识不足，缺乏动态的考察。再如宋人谢伋在其《四六谈麈序》中称："三代两汉以前，训诰、誓命、诏策、书疏，无骈俪粘缀，温润尔雅。先唐以还，四六始盛，大概取便于宣读。"认为三代两汉以前"无骈俪粘缀"太绝对，三代两汉以前已经有骈词俪语，为骈文之滥觞，论者没有详加考察，故有此说。其他如明人陆符《四六法海序》："先秦两汉之文，至六朝而一变。六朝骈偶之作，至韩柳而再变。一变而秦汉之体更，再变而秦汉之法出。"显然，论述过于简单浮泛，没有具体揭示骈文发展的历史流程。又如清代四库馆臣在《四库全书总目提要》中对骈文产生、发展、演变的历史流程做了这样的阐述："秦汉以来，自李斯《谏逐客书》始点缀华词，自邹阳《狱中上梁王书》始叠陈故事，是骈体之渐萌也。符命之作，则《封禅书》《典引》；问对之文，则《答宾戏》《客难》，骎骎乎偶句渐多。沿及晋宋，格律遂成；流迨齐梁，体裁大判，由质实而趋丽藻，莫知其然而然。然实皆源出古文，承流递变，犹四言之诗至汉而为五言，至六朝而有对句，至唐而遂为近体。面目各别，神理不殊，其原本《风》《雅》则一也。厥后辗转相沿，逐其末而忘其本，故周武帝病其浮靡，隋李谔论其佻巧，唐韩愈亦龂龂有古文时文之辨。降而愈坏，一滥于宋人之启札，再滥于明人之表判，剿袭皮毛，转相贩鬻，或涂饰而掩情，或堆砌而伤气，或雕镂纤巧而伤雅，四六遂为作者所诟厉。"（《四库全书总目提要》，中华书局1965年版）不能否认，文中将骈文的历史流程划分为萌芽、形成、鼎盛、衰落四个阶段比较合理，其中关于骈文形成过程的描述也颇有可取之处，但是对齐梁以后骈文大加否定，有明显的偏见，不符合骈文发展演变的历史事实。到了晚清至民国时期，关于骈文史的研究有了明显的进展，骈文史观逐渐走向客观、真实，其中瞿兑之本书就是具有代表性的著作。该书对骈文的历史流程做了特别清晰、具体的描述，明确揭示出骈文源头、萌芽、形成、一变、再变、三变、衰落、复兴的复杂的发展和演变的流程，展示出客观、求实的骈文史观。

第一，揭示骈文之源。书中说："……《离骚》直接《诗经》，而为辞赋的开山祖。……有《离骚》而后有汉人的辞赋，辞赋应用在一般的文体上，于是成为骈文，所以讲骈文，不能不托始于《离骚》。"认为屈原的《离骚》为骈文的源头。

第二，揭示骈文初起时期的状态。书中说："西汉末叶的文风，已经渐渐有了骈体的格局了。匡衡的奏疏说：'情欲之感，无介于容仪；宴私之意，不形于动静。'王褒的《圣主得贤臣颂》说：'荷旃被毳者，难与道纯绵之丽密；羹藜唅粮者，不足与论太牢之滋味。'这是何等均齐的句调，置之唐人的文集中，也不易辨别罢！到了东汉，一般的应用文字，尤其具此特色。"指出骈文雏形阶段的文体特征是句调均齐，"有了骈体的格局"。

第三，揭示出骈文完备时期的状态。书中说："在魏晋文人当中，我们要特举的是陆机。陆氏的境遇，真彀使我们同情，而他的文学造诣，也实在超乎许多骈文作家之上。因为他不但有情感，而且以理致融合于情感之中，不但能作文，而且能写出作文的理法，不但擅长一体，而且众体无不兼长。骈文到了陆氏，方才壁垒完备。骈文家奉他为祖师，也不算太过的。”以陆机骈文为例，说明骈文完备时期的主要特征，突出特点是“壁垒完备”，体制完全成熟。

第四，揭示骈文在齐梁时期体制和风格的变化。书中说：“写景绵丽，是齐梁文的特长，这样一来，文体也就轻艳了许多，而汉魏厚重之风为之一变。这个时代的美文，既然逐渐向‘均齐’方面发展，他是特长。他的用字，他的造句，他的取势，都以均齐取得流美的态度，同时却也保存一种健厚的风骨，所以尤与写景文为合宜。”明确揭示出齐梁时期骈文体制和风格的突出特征是由汉魏的厚重变得轻艳，无论是用字，造句，还是取势，都追求流美。

第五，揭示骈文在初盛唐时期体制风格的变化。书中说：“要知道唐初人沿袭陈隋轻靡的格调，秾艳的色泽，可是同时将陈隋人的重滞的弊病，全然洗涤干净，而纯以清空疏快的机轴行文。这实在是唐初陈子昂一派由骈复散的先河，非细辨文体，不能体会出来。本来六朝的骈体实在有解放之必要，四杰有解放的意思，而不能变其形式。陈子昂虽变其形式，而曲高和寡，一直到韩愈方才成功一种破坏骈文的运动。所以最低限度，总可以说四杰代表另一时代的骈文，而这种骈文渐渐到了化骈为散的程度。……唐朝到中宗、玄宗时代，文章的风尚更为一变。已往的纤丽之风渐渐为人所吐弃，而出之以雍容宽博之风。在大一统的朝廷之下，高文典册，天然应当趋于这条路径的。四杰都没有做过大官，所以也没有机会作这种文章，而张说以文人当国，便着实发挥他的天才，开出真正的唐文宗派。……”文中揭示出初盛唐骈文的总体风格和体制特征，并且描述出由初唐到盛唐骈文革新的历史流程：“四杰”解放骈体而未能改变其形式，陈子昂改变了骈文的形式却没有得到更多的响应，直到盛唐的“燕许”等人才开出真正的唐文宗派，路径明晰，符合实际。

第六，揭示骈文在中唐时期体制和风格的巨大变化。书中说：“唐中叶的人，有许多作散文也带骈文的气息，而作骈文尤其带散文的气息。这实在是骈散由分复合的朕兆，也就是骈文最能包罗万象的时代。……然而文章到了这个时代，不能不说起了一重大的变化。就是厌恶骈文的人增多了，骈文的用途渐渐减少了。自魏晋以来，写信用骈文，记事用骈文，吊祭碑传用骈文，乃至著书立说，也用骈文。而朝廷发号施令的典重文字，更无不用骈文。骈文的程度逐渐增加，以至于北周，遂生一种大反动。苏绰一班人，想把骈文一拳打倒，可是终于失败。而骈文又延长了残喘若干年。直至唐代诸贤，方才逐步地解放，韩公便是将骈文桎梏完全解脱的最后一人。从此以后，写信不用骈文了，记事不用骈文了，吊祭碑传不用骈文了，著书立说更不用骈文了。仅仅剩了庙堂文字，仍然不能不用骈文，骈文还是一种官式的标准的文体咧。韩氏摧陷廓清之功，诚然是不可磨灭的。……他虽然摧陷了骈文的壁垒，却同时构成了一个古文的壁垒。……于是一篇文章怎样的开阖照应，怎样的咏叹摇曳，成了刻板的，而生气索然了。这虽不是韩氏之过，而后来捧韩氏的人，不能不负其责任咧。”文中阐明中唐骈文明显的变化，一是“骈散由分复合”，二是“厌恶骈文的人增多了，骈文的用途渐渐减少了”。并且特别点明这种变化主要归功于韩愈。其中最可贵的是：文中既肯定韩愈“摧陷廓清之功”，又客观地揭示其改革文体文风的弊端：“他虽然摧陷了骈文的壁垒，却同时构成了一个古文的壁垒。”

第七，揭示骈文在宋代体制风格的变化。书中说：“宋初文学，是以李商隐为圭臬的，杨亿、刘筠、钱惟演一班人，主持庙堂文学，步武唐贤，舂容大雅。……在文学价值上，‘西昆体’诚然不甚高妙。所以后来宋朝一班讲古文的人，遇着作制诰笺表，不能不用骈体的时候，便又开辟一种新的文体来。这种新文体是不用典的骈文，是以古文作法来作的骈文，也可以说是白描的骈文，仿佛画家从金碧山水解放到水墨山水一样。”一方面揭示出北宋初期挦扯晚唐李商隐骈文的“西昆体”骈文之流弊；另一方面，又描述了欧阳修、苏轼等人以古文笔法作骈文，开辟出一种新骈体的历史贡献，从而展现出骈体文在宋代的巨大变化。

第八，揭示骈文在元明时期的衰落状态。书中说：“元明以后，骈文绝响。为什么呢？那个时代承南宋人的风气，多不读书。于是乐散文之简易，而惮骈文之繁复，号称作者，都只作散文，应用方面，也以散文为多，而骈文只限于一部分的用处。于是骈文成为极狭隘的用途，也就变成极卑陋的风格。明朝人只有笺启上用四六，现在偶然看见一些，都恶劣不堪。直到清初，犹是此种风气。李渔有一部《四六初征》，大约就是专为当时书启师爷用的，看他所选的，简直令人作呕。”首先客观地揭示出骈文在元明时期的衰落现象，然后又指出其中原因，认为元明时期骈文的衰落，主要是因为当时文人承袭了南宋文人空疏之风，“乐散文之简易，而惮骈文之繁复”，由此导致了骈文的衰落。

第九，揭示了骈文在清代的流变过程。首先，揭示出骈文在清初的变化。书中指出：“当清初人文蔚起之时，一切风尚，都力矫明人之空疏弇陋，所以不期然而然的，很有些从事于选体的骈文，把六朝、三唐的风格一齐搡入。这个时期的代表，是陈其年、毛奇龄一班人。……其年的文章最为宏富，汪琬说开宝以来七百年无此文。在宋明以后，看见这种文字，诚然不能不有此感想。”其中“力矫明人之空疏弇陋”“把六朝、三唐的风格一齐搡入”之说尤其值得关注。然后，又揭示出清代中期骈文的变化。书中说：“乾隆以后，新起的作家有胡天游。他的文格，较之清初又进一步。这是因为读书的风气渐开，所以可运用的资料益加丰富，骈文家利用这一点，便可以作成沉博绝丽的文章。……清代的骈文，到洪亮吉而一大变。洪氏是常州人，于是成其所谓‘常州派’。洪氏自己也是讲考据的，然而他的文章特点，并不在其用典渊博，而在其格调纤新。……与洪氏齐名的，如邵齐焘、吴锡麒、刘嗣绾、彭兆荪、乐钧、曾燠，都大同小异。”其中要点是强调清代乾隆至嘉庆时期骈文的两个明显变化：一个是以胡天游为代表的新起骈文家开启的“沉博绝丽”之风，较之清初又进一步；另一个是以洪亮吉为代表的常州文派开启的“格调纤新”的骈体新风，这是清中期骈文风气的又一巨大变化。最后，又揭示出骈文在晚清时期的变化，并且总结了整个清代骈文的几种弊端，指出清代骈文的正宗。书中说：“到了清末，李慈铭一班人，便专学洪氏这一派，虽然写景尖新，无奈总不自然。骈文到此地步，也就无怪为人所轻视了。……清人的骈文，除了过于尖新之外，还有几种缺点。一是用典不伦。……二是炼字太过。……三是开阖势弱。……平铺直叙，复沓冗弱，全无振荡排奡之势。……清代骈文正宗，还应当推纪昀一派。他们作应用文而不拘于摹古，可是古人的长处，如色泽鲜明、句调齐整、气势清劲、用事精切，都能融贯容纳。这才是真正自己的文章，也是代表时代的文章。……到了清的季年，方才有一种回复到六朝文体之运动。这种运动，可以说以湘潭王闿运为领袖。作骈体的，没有不以六朝为依归的，然而别人尽管依傍六朝，总不免有些驳杂，唯有王氏简直是六朝人的脱胎、六朝人的返魂，而没有一些杂血掺和在内。在一方面说，模仿因袭，不能算文学的极则。然而取法乎上，力矫时弊，这不能认为极有勇气的运动。……骈文的正宗到了王氏，可云绝响了。”其中值得注意的，一是强调清代晚期骈文的衰落，关键原因是师法前人的方式不当，偏重于模仿因袭，缺乏自主创新；二是突出了纪昀和王闿运骈文的历史地位，认为他们两人的骈文是清代骈文的正宗；三是揭示清代骈文存在“过于尖新”“用典不伦”“炼字太过”“开阖势弱”四种流弊，确实抓住了要点，特别值得关注。总的说来，瞿兑之对清代骈文的演变过程及其各个阶段的风格特征的描述和阐释，有点，有线，有面，既肯定其骈文复兴的成就，又客观地指出其弊端。

纵观瞿兑之对整个骈文历史流程的描述和勾勒，可以看出，他的骈文史观与其他骈文批评家有明显的不同，其主要特点是用发展、变化的眼光考察骈文的历史，描述出了这一文体发展、演变的历史流程，有助于我们对中国古代骈文的认识和了解。

其四，关于骈散关系的基本观点。

如何认识和处理骈文与散文之间的关系问题，是中国古代骈文批评史中特别值得关注的热点问题，也是认识和了解骈文批评家的重要途径。

从历史上考察，在如何认识和处理骈、散关系的问题上，主要有三种观念，也可以说划分为三个流派：一是尊散反骈派，如刘知几、韩愈等人；二是尊骈反散派，如阮元、刘师培等人；三是骈散折中派，如李兆洛、袁枚等人。自骈文产生以后，骈散之争贯穿于各个时代，一直到清代和民国也没有止息，就是到了今天，余波尚存。按照这几个流派划分，瞿兑之当属骈散折中派，所以他的骈散观是对二者持其平。首先，他对骈文和散文的特点有清楚的认识，本书中说："元明以后，骈文绝响。为什么呢？那个时代承南宋人的风气，多不读书。于是乐散文之简易，而惮骈文之繁复，号称作者，都只作散文，应用方面，也以散文为多，而骈文只限于一部分的用处。”（见《清骈文》）点出骈文“繁复”，散文“简易”的特点。其次，他对骈文和散文各自的缺点也心知肚明，本书中说：“所以算起总账来，骈文的坏处不过是平凡，而古文的坏处便是陈腐。”（见《唐代之骈文与古文》）说骈文的缺点是“平凡”，散文的缺点是“陈腐”，虽然有些尖刻，但是抓住了这两种文体末流的要害。基于这种观念，瞿兑之在骈、散关系上有两点主张，特别值得我们注意：

第一，强调行文之时不为骈散形式所拘，随意所之。他说：“自魏晋以来，骈文虽然成了定型。然而真正第一流的作者，是不为形式所拘束的。真正第一流的文章，是云行水止、随意所之的。两句之中，并非非对偶不可，一篇之中，也非非对偶到底不可。文气的缓急，声调的平仄，都没有严格的束缚。他们多半重在立意的精警，描写的深刻。至于韩愈以后的古文家，便将古文也作成定型了，布局用虚字，也有所谓古文义法了。于是一篇文章怎样的开阖照应，怎样的咏叹摇曳，成了刻板的，而生气索然了。这虽不是韩氏之过，而后来捧韩氏的人，不能不负其责任咧。”（见《唐代之骈文与古文》）其中关键是强调“不为形式所拘束”，“云行水止、随意所之”，摆脱“严格的束缚”，既反对骈体定型，也反对散文定型。

第二，赞成骈散结合的行文方式。他说："唐中叶的人，有许多作散文也带骈文的气息，而作骈文尤其带散文的气息。这实在是骈散由分复合的朕兆，也就是骈文最能包罗万象的时代。"（见《唐代之骈文与古文》）显然，他对骈散融合的创作倾向是完全肯定的。在《写景文与齐梁体》一节中又说："造句的参差。换句话说，便是寓散于整。《芜城赋》开口一句，是'瀰迤平原，南驰苍梧涨海，北走紫塞雁门'，这就是以散句领整句。底下一句'天道如何，吞恨者多'，又是以散句夹整句。这么一来，不为格律所囿，气势自然疏宕。"以实际作品为例，阐明骈散结合的妙处。其他如在分析庾信《哀江南赋》一文时，他说："在技术方面，我们所能看出来的特点，约有下列几项：一是用韵的谐美。……比江淹、鲍照而又进一层，使全篇文字呈一种流利轻巧的音节。一是用典的贴切。这一层是徐庾两氏所同擅场的，用不着再说。一是骈偶之中夹以散行。比如：'见被发于伊川，知百年而为戎矣！'又如：'伯兮叔兮，同见戮于犹子。'不独内容，连形式都变得参差不齐，使全篇文字一点不觉得呆板，但觉其自然。……庾氏的文章佳处，在以单行之气贯于骈偶中，实在算一个骈体的解放者。最能表现这种精神的必推《思旧铭》。《思旧铭》是为梁观宁侯萧永而作的。"（见书中《哀江南赋》一节）以庾信的作品为例，强调的也是骈散结合的好处。

基于这两点，将瞿兑之划入骈散折中派是符合实际的。

应该说，瞿兑之《中国骈文概论》中所包含的骈文观念和主张不只上述几个方面，读者阅读之后，还会有所发现。但是，我们不能不说，上述几个方面，确实是瞿兑之骈文观念的重要组成部分，这是读者阅读该书时应该特别注意的。

就目前而言，骈文研究较晚清及民国时期有了长足的发展，无论是骈文文献的整理，还是骈文理论的研究，以及骈文史的写作，都有新的进展。但是，一个不能不说的问题是：现在有关骈文的文章愈写愈长，书愈编愈厚，浩繁有余，精练不足，显然给读者的阅读和研究带来不便。而瞿兑之的这部书，虽然只有几万字，却以小见大，以少总多，短小精悍，特别方便读者阅读和研究。所以，再次出版是有现实意义的。

刘　序

两年前，我约瞿兑之先生作一部讲骈文的书，他立刻接受我的请求，并且两天工夫就起草一篇给我看。我看了之后很满意他的作法。但是经过两年的工夫，催了他无数次，总还没有脱稿。最后他写信来说道：

……我当初的计划，是预备作文学史中的讲骈文的一段。但是经了两年之久，新出版的关于骈文书籍，也不止一种了。就以你的《骈文学》（商务印书馆出版）而言，就很不错。若是叠床架屋，实在可以无须费此笔墨。所以我踌躇很久，最后才决定不必作什么骈文的文学史，也不必指示什么骈文的作法。只要老老实实地介绍几个重要的作家，几篇传诵的杰构，及其特殊的风格，并约略地将他们的前因后果指点出来。这就是使人欣赏骈文、了解骈文、运用骈文的一个绝妙方法。这或者还是别人未曾试过的一种工作。

我根据这个计划，写成十六篇可分可合的论，以践我两年前的约，你看以为何如?

我接了他的信和文稿，细读一遍。觉得他这种谦虚审慎不肯轻于下笔的精神，固然可佩；而他不肯做人家已经做过的工作，尤其是著作家模范的行为。

瞿先生的见解，以为骈文这个名词，是相对的而不是绝对的，实际上就是指由汉到唐这一段文学最昌明的时代的文学。从这个观点出发，方才能切实了解骈文，所以他讲骈文，他描写一个作家一篇作品，都有声有色而又恰到分际。

瞿先生素日的修养，是这样的：他生在《离骚》的出产地——湖南，他孕育在文学之环境中，从幼年时代，亲从王闿运学作骈文，而清末的骈文家李慈铭及《骈文类纂》的作者王先谦，都是他的父执。他自己早年的修养已经很深，而又博览其他学问，作这部书当然是他的余技了。

我还要附带介绍的，就是他曾经选过一篇《时代文录》（天津《大公报》代办部代售），拿五十篇代表作品来显示文学史上之变迁痕迹，可以与这部书相互发明。我很希举他将来再费一些精力，作一部整个的《别裁文学史》。

中华民国二十三年九月二十五日　刘麟生

目　录

一　总论

中国许多口语是以骈体出之的。是先有了骈体的组织，然后变成口头的习用语呢，还是口语在无形中采用骈体的形式呢？固然许多成语本来是以骈体组织的，后来便成了习用语，但是我们不能忘记，中国语的特点在单音。因为单音的原故，所以用骈体组成的语句，容易引起联想与美感。古经典的多用骈句，不外这个理由。《文心雕龙》已经举几个例，如《易经》的“云从龙，风从虎”、《书经》的“罪疑惟轻，功疑惟重”，此外如《老子》的“大器晚成，大音希声”“无名天地之始，有名万物之母”，《庄子》的“鷦鷯巢林，不过一枝；偃鼠饮河，不过满腹”都是。在口语中我们也常听见“向天素价，就地还钱”“明枪易躲，暗箭难防”一类的话。

大凡古来的名言佳句，必是骈偶的。阮元说得最好：“同为一言，转相告语必有愆误。故必寡其词，协其音，以文其言，使人易于记诵，无能增改。”骈偶是天赋予中国文字的特点，利用这特点，方才有许多美文。

我们近代通行的文体，究竟是什么？我们所熏染浸润的文风，究竟是什么？老实说，因为科举功令的关系，因为社会习俗的关系，一方面是所谓唐宋八大家的古文，一方面是残余的骈文的孽种——八股。二者融合起来，成为一种庸滥浅熟的文格，我们便陶熔于其中，陷溺于其中而不自觉。[①]

这种情形通行了五六百年时期，不为不久了。宜乎势力深厚，不容易使人觉悟，于是倒把中国文学的真正黄金时代忘在一边了。

普通所谓骈文，大概指两汉以至初唐这一段盛行骈偶的文章——我现在也大致是这样解说。这一段时期中，确曾出过不少的文学天才，确曾遗留不少的杰构。他们没有什么义法的拘束，就是骈偶，也并不是每句非对不可，就是用典，也不是每篇非用典不可，所用的典，也不是非叫人不懂不可。他们能细腻地亲切地写景，能密栗地说理，能宛转地抒情，能说自己所要说的话，能说了叫人同情而不叫人作呕。这些都是骈文里面

① 古文与八股融合之说，孙星衍已创之。其序《洪筠轩文钞》云：“明季以来，以八比课士，其选唐宋人文集，多取径于时文。习见者疑为古文定格。”

的好处，而近五六百年通行文体里面所不容易找到的。

骈文应该全被这五六百年的人忘了——除掉它的孽种八股而外，然而也没有全忘。这是什么原故呢？只因古文只能教人作论，只能作无用的文字，而适于现实生活的，比如写一封客气点的信之类，却又非乞灵于骈文不可。所以骈文究竟不能全被抹杀。因此之故，骈文也就更不能被人真切地了解。所以我以为如果要想懂一点中国文学，必须撇开这些束缚来欣赏骈文，来看看骈文在文学史上的地位及其影响。这部小书，便是应这种需要而作的。

著者之意，不企图在这里讲骈文的作法，因为《骈文指南》一类的书，也不算少了。而且著者之意，以为骈文是不可教不可学的。骈文与非骈文，根本上没有明显的界限，骈文也没有什么一定的格式。与其讲作法，不如讲看法，能看骈文，则作起文来，自然可以得一点益处。

著者也不愿意用一般作文学史的作法来讲骈文。因为那样太拘板了，太周到了，反而使读者不能抓住问题的中心。所以只分为若干题目，略略按它们的因果次序来说明。其中为极力避免枝节起见，将许多人及他们的文章都割爱了，宁可受不完备的讥刺，而不愿意开杂货店。所以第一从三百篇讲到《离骚》，以阐明骈文之起源。第二讲赋的种类。第三讲汉魏文体，而尤注重于陆机。第四讲骈文中之论，并略及公牍文字。第五讲齐梁体与写景文，而鲍照、郦道元的佳处，在此得以略加阐发。第六讲书札文与徐陵。第七讲《哀江南赋》及庾信之其他作品。第八讲《滕王阁序》和“初唐四杰”之一派。第九讲刘勰的《文心雕龙》及刘知几的《史通》，因为他二人都是文学批评家。第十讲唐代骈文与古文的关系，因而说明唐以前与唐以后文章体格的变化。第十一讲开辟宋派的陆贽。第十二讲李商隐。第十三讲宋四六。第十四讲清代的骈文。第十五讲骈文的支流，就是律赋与八股。连上这篇总论，共十六篇。大约不但骈文，就由汉至唐的文学史大纲也备于此矣。

二　从三百篇到《楚辞》

中国古代的长篇韵文——辞赋，成熟时期无疑的要推屈原时代了。在诗与散文未曾划清分野以前，我们随处可以看见后来所谓辞赋的萌芽，散布在各种文字之中。班固说：“赋者，古诗之流也，诗有六义而赋居其一。”赋当然是从古诗蜕嬗出来的。按赋之字义是铺的意思，然则凡是铺叙一种事实或景象的，便是赋的体裁。试举三百篇中的《君子偕老》：

> ……玼兮玼兮，其之翟也。鬒发如云，不屑髢也。玉之瑱也，象之揥也，扬且之皙也。胡然而天也，胡然而帝也？瑳兮瑳兮，其之展也，蒙彼绉絺，是绁袢也。子之清扬，扬且之颜也。展如之人兮，邦之媛也。

看他这首诗，描写一个贵妇人的容貌、态度、服色，如此之出力，显然是后来赋家所托始。再举曹植《洛神赋》中描写洛神的一段相比照：

> 其形也，翩若惊鸿，婉若游龙。荣曜秋菊，华茂春松。仿佛兮若轻云之蔽月，飘飖兮若流风之回雪。远而望之，皎若太阳升朝霞；迫而察之，灼若芙蕖出渌波。秾纤得衷，修短合度。肩若削成，腰如约素。延颈秀项，皓质呈露。芳泽无加，铅华弗御。云髻峨峨，修眉联娟。丹唇外朗，皓齿内鲜。明眸善睐，靥辅承权。瑰姿艳逸，仪静体闲。柔情绰态，媚于语言。

经此一番对照，可以了然从诗到赋蜕嬗的痕迹。

屈原时代何以才是辞赋成熟的时期呢？我们先要知道南北两民族思潮的关系。[①]自春秋以来，南方有一个新兴的民族，就是楚。楚在南方，虽然为中原之人所摈弃，然而以其不断地向上努力，不独在事功上隐然握中原政局之重心，在文化上也渐渐形成特殊势力。《左传》所记楚人以文学、道德、才能抗衡于中原士大夫的很不少。左史倚相，能读三坟五典、八索九

① 看顾实《中国文学史大纲》页六六以下。

邱之书，则中原的学术，都望之有逊色。国力雄厚，则文化势力随而增长，这是一定之理。《国风》里面没有《楚风》，我们无从确切知道春秋时代楚国文学精神是怎样，然而从楚国独有语言风俗这一点看来，知道楚国文学必有特殊性质。[①]

在孔子的时代，据《史记》说楚昭王曾经慕孔子的大名，预备请他去，而他没有去。孔子似乎没有到过楚国，然而孔子已经讲到南北两民族的性格了。《中庸》上，孔子对子路说：

> 南方之强与？北方之强与？抑而强与？宽柔以教，不报无道，南方之强也，君子居之。衽金革，死而不厌，北方之强也，而强者居之。

基于自然环境之关系，南方民族容易发挥一种流动而富于感情与想象的思想生活。所以从老子以次之思想家，多属南人。老子的思想，影响于纯文学者尚少，而庄子的思想，则确与屈原以下之南方文学派——辞赋派有关。

如今试检《庄子》之文，虽然全具散文的形式，而他的一

---

① 《左传》说钟仪在晋操南音，又楚人谓乳“谷”，谓虎“于菟”等，皆足证明楚国另有语言。

种虚幻澶漫之风格，实与后来辞赋相近。至于《荀子》，则完全以赋的体裁为文。[①]庄荀虽不同家数，却都是南方学者，可以说是南方文学由他们两位开基了。

关于屈原的身世，前人有不少的考索。但原于史文的简略，始终不能一一详知。但所可确言者，他的身世，当楚怀王的时代，为楚国危急存亡之秋，也就是结束上古史而开辟中古史之一关键。

在春秋的末期，周初分封的同姓与功臣之国渐渐因长期的争斗，而呈不振的现象。唯有楚国，自春秋初期开始发展，为不断地努力，始终不懈，虽然经过几次的挫折，依然能维持优越的地位，以睥睨全局。本来南方的吴越，也都骎骎有抗衡中原之势，无奈两下厮并的结果，终于从战场上退了下来。在战国时期之中，一方是齐赵韩魏燕等，为中原旧势力的代表；一方是新起之秦，为西方新势力的代表；一方便是楚，为南方新势力的代表。三者之中，中原旧势力，已经不甚有振兴之望，只剩有秦楚两种之争衡。而无奈楚国君臣都不争气，造成秦国独霸之机会，屈原便在这种环境之下，感怀他的身世，而写成无数的文学作品。

① 《荀子》有《赋篇》。

在物质上，楚国是失败的，而在思想上，屈子的文章，与荀卿、李斯的政治主张，均支配了周以后的中国。这不能不说是中古史开场的一件很奇怪的事。

刘勰在《文心雕龙》的《辨骚篇》说："自风雅寝声，莫或抽绪，奇文郁起，其《离骚》哉。固已轩翥诗人之后，奋飞辞家之前。岂去圣之未远，而楚人之多才乎？"又说："固知《楚辞》者，体慢于三代，而风雅于战国，乃《雅》《颂》之博徒，而词赋之英杰也。"他的意思，是以《离骚》直接《诗经》，而为辞赋的开山祖。[①]这是极恰当的论评。有《离骚》而后有汉人的辞赋，辞赋应用在一般的文体上，于是成为骈文，所以讲骈文，不能不托始于《离骚》。

《离骚》一篇，据王逸《章句》称为《离骚经》。然而通常只以《离骚》为名，"离骚者，犹离忧也。"（《史记·屈贾列传》）据王逸的序说：

> 《离骚经》者，屈原之所作也。屈原与楚同姓，仕于怀王，为三闾大夫。……同列大夫上官、靳尚妒害其能，共谮毁之。王乃疏屈原，……（原）乃作《离骚经》。

---

① 《文心雕龙·诠赋篇》又云：赋也者，受命于诗人，而拓宇于《楚辞》也。

他的本事是如此。他的体裁也就是介于散文与韵文之间的，兼有记事抒情两种作用的长篇文。在《离骚》以前，我们所知道的，还没有过如此长篇之作。

《离骚》的美处，就格调而论，一在于变短句为长句，而以“兮”字间隔之。于是将国风严肃质直的风格，一变而为散漫纡徐宕逸飘忽。一在于文意上的往复缠绵。因为句调的解放，所以文气纡徐，而复杂的意义都可以传写得委曲详尽。一在取材的广博。孔子说：“观于《诗》，可以多识鸟兽草木之名。”而《离骚》更于鸟兽草木而外，兼以古贤圣神灵美人为资料。所以幻想所到，无一不可搜采，一加点缀，便呈灿烂纷披之美观。以上三种特点，实是后来骈文家所以奉《离骚》为不祧祖之原因。

至于《离骚》篇章之美，在乎它的汪洋恣肆。似无组织而有组织，似有层次而无层次，已说的话不避重复，未完的话不遽停止。真如水流云起，在有心无心之间。

一篇之中，先述本人的家世历史性情志向，中述以忠直被谗，乃诉于天神贤圣，终之以远游回顾，不胜眷恋之情，犹恐人不能尽喻其意，篇终加以乱曰：

已矣哉！国无人莫我知兮，又何怀乎故乡。既莫足与为美政兮，吾将从彭咸之所居。

乱者，据王逸说：“理也，所以发理词旨、总撮行要也。”篇终而加以乱，遂为后来赋家相沿之公式。在长篇咏叹往复之后，似乎确有加此一段以申明意旨之必要。

就他一篇之中格调意义而加以分析，则有下列五种：

（一）完全叙事的，如：

帝高阳之苗裔兮，朕皇考曰伯庸。摄提贞于孟陬兮，惟庚寅吾以降。

（二）议论的：

昔三后之纯粹兮，固众芳之所在。杂申椒与菌桂兮，岂惟纫夫兰茝。何桀纣之昌披兮，夫惟捷径以窘步。惟党人之偷乐兮，路幽昧以险隘。岂余身之惮殃兮？恐皇舆之败绩。

（三）比兴的：

余既滋兰之九畹兮，又树蕙之百亩。畦留夷与揭车兮，杂杜蘅与芳芷。冀枝叶之峻茂兮，愿竢时乎吾将刈。虽萎绝其亦何伤兮，哀众芳之芜秽。

（四）幻想的：

跪敷衽以陈词兮，耿吾既得此中正。驷玉虬以乘惊兮，溘埃风余上征。朝发轫于苍梧兮，夕余至乎县圃。欲少留此灵琐兮，日忽忽其将暮。

（五）问答的：

女嬃之婵媛兮，申申其詈余。曰触婞直以亡身兮，终然夭乎羽之野。

所谓《楚辞》，乃是以屈原的作品为中心的一篇楚国文学集。他的内容如下：

《离骚》《九歌》《九章》《卜居》《渔父》 以上屈原

《九辩》 《招魂》 以上宋玉

《离骚》是楚国流行的文体，屈原不过稍加改革，有《九歌》可为铁证。据王逸说："《九歌》者，屈原之所作也，昔楚南郢之邑，其俗信鬼而好祠，其祠必作乐鼓舞，因为作《九歌》之曲，托之以讽谏也。"

今试录《九歌》中之《湘君》一段，与上面摘录之《离骚》相较，不独格调相近，即词句亦多相类，不过句稍短而已。

> 君不行兮夷犹，蹇谁留兮中洲？美要眇兮宜修，沛吾乘兮桂舟。令沅湘兮无波，使江水兮安流。望夫君兮归来，吹参差兮谁思。驾飞龙兮北征，邅吾道兮洞庭。薜荔柏兮蕙绸，荪桡兮兰旌。望涔阳兮极浦，横大江兮扬灵。扬灵兮未极，女婵媛兮为余太息。横流涕兮潺湲，隐思君兮陫侧。桂棹兮兰枻，斲冰兮积雪。采薜荔兮水中，搴芙蓉兮木末。心不同兮媒劳，恩不甚兮轻绝。石濑兮浅浅，飞龙兮翩翩。交不忠兮怨长，期不信兮告余以不闲。朝骋骛兮江皋，夕弭节兮北渚。鸟次兮屋上，水周兮堂下。捐余玦兮江中，遗余佩兮醴浦。采芳洲兮杜若，将以遗兮下女。时不可兮再得，聊逍遥兮容与。

楚辞在《离骚》以后，以宋玉的《招魂》，为最富有个性的创作。据王逸说："宋玉怜哀屈原，厥命将落，作《招魂》，欲以复其精神，延其年寿也。"他的意境与《离骚》无二致，而思想之恢诡，格调之新奇，又是一番气象。

他的南方色彩，较屈原尤为浓厚。屈氏用"兮"字煞尾，犹是周代通行的语助。宋氏用"些"（读所贺切），则竟是楚国的方音。

《招魂》大旨是托为上帝的意思，叫巫阳下来招贤人的魂，于是历数东南西北四方与上天下地之不可以居，而劝魂之归反故居，再述故居山川草木、珍异雕饰、姬侍帷幕、饮食钟鼓、歌舞博弈、灯烛之盛，以动其心。篇末数语："湛湛江水兮上有枫，目极千里兮伤春心，魂兮归来哀江南。"以草木、山川、时令、地理组织成文，最为清艳哀婉。不独为辞赋家所祖述，并且汉魏以来的诗家，也无不沾溉其余馥。——"湛湛江水上有枫，目极千里伤春心，魂兮归来哀江南。"去掉两个兮字，这不是极好的七言诗句吗？

《招魂》的作法，以逞辩飞文见长。用种种侈谈以当游说，后来便衍成所谓"七"的一体。第一个便是枚乘的《七发》。假托楚太子有疾而吴客往说之，先说以声音之至悲而不能听，次说以饮食之至美而不能尝，又说以车马之至骏而不能御，又说以台馆声色之至乐而不能游，又说以校猎之至壮而阳气始见于眉宇，又说以广陵涛之怪异，然后终之以方术之士要言妙道，太子闻之，霍然病已。

三 赋

《文心雕龙·诠赋篇》说："赋也者，受命于诗人，拓宇于《楚辞》。"这语极精。诗有六义，其二曰赋。用诗人赋物的方法，加上楚辞的形式，便成了汉魏以后的赋。而赋的应用范围也就宽了。汉朝皇帝都喜欢提倡文学，于是宫廷文学尤其重赋。而赋的对象也以宫廷为主，司马相如《上林赋》，扬雄《羽猎赋》《长杨赋》都是。再扩而充之，班固《两都赋》、张衡《两京赋》、左思《三都赋》，也是从描写宫廷而出发的。

赋以铺张扬厉为主，所以不嫌言过其实，不然也不足动人。大概读赋的人，决不相信赋中所述全是真的。但是第一流的赋家如班固者，却不肯毫无根据地乱说。比如班氏《西都赋》说：

昭阳特盛，隆乎孝成。屋不呈材，墙不露形。裛以藻绣，络以纶连。随侯明月，错落其间。金釭衔璧，是为列钱。翡翠火齐，流耀合英。悬黎垂棘，夜光在焉。于是玄墀釦砌，玉阶彤庭，碝磩彩致，琳珉青荧，珊瑚碧树，周阿而生。

这就与《汉书·外戚传》所说昭阳殿中情形吻合。由此类推，可见他是根据事实而作的，即以班固、张衡两赋中所述长安情形而论，也是大同小异。足见他们并没有向壁虚造。

第二点我们应该注意的，便是赋家用字的广富。比如《上林赋》中的“岩陁甗锜，摧崣崛崎”“崴磈嵔瘣，丘虚堀礨”，利用双声与叠韵，以极尽形容的力量。再加以名物之繁夥，不独使增加文字之声容色泽，并且使意中所欲言者，皆能曲折写出。这种伎俩，谓之侔色揣称，可以说是文章第一能事，唯有赋家最擅长。后来的人由此沾溉实在不少。就是不作骈文，也不能不从此间经过的。

至于赋的种类，照《文选》所列的很繁密。大致说来，不外以下的几种：

（一）都邑之属　如班固《两都》、张衡《两京》、左思《三都》，都是些最有名的伟作。班张二氏不过意存讽谏，而左氏之作，却是为魏蜀吴三国作整个的描写，可以当史地论义读。据说他作赋之前，就张载访岷峨之事，构思十稔，门庭藩溷皆着纸笔，得事即疏之，可见其一笔不苟。他自己的序也说：

> 班固曰：赋者，古诗之流也。先王采焉，以观土风。见“绿竹猗猗”，则知卫地淇澳之产；见“在其版屋”，则知秦野西戎之宅。故能居然而辨八方。

所以较之班张尤为出色，而后来也绝无嗣响了。

（二）宫廷之属　这一种专为铺陈钜丽之王制，以致颂扬。司马相如《上林赋》，扬雄《甘泉赋》《长杨赋》《羽猎赋》，潘岳《藉田赋》之类，都可以列入。历代作家拿来迎合君主的最多，其末流自然是芜滥无所取义。唯有专写一种建筑物的如王延寿《鲁灵光殿赋》、何晏《景福殿赋》之类，尚不失纪实的好处。

（三）山川之属　如木华《海赋》、郭璞《江赋》之类。而孙绰《游天台山赋》虽以游览为主，而亦是描写此山之状态，终可归入此类。大抵铺叙一山一川之景物，连类及其物产等，用形容字甚多，以奥僻见长。所以昔人说笑话，谓作《海赋》《江赋》只须将所有的字加上水旁都可用上。

（四）行役之属　班彪有《北征赋》，曹大家有《东征赋》，而潘岳的《西征赋》，尤为宏肆。这种文字可作个人游记读，布局较为容易，而精彩却难。

（五）景物之属　从宋玉《风赋》以后，有潘岳的《秋兴赋》，而谢惠连《雪赋》、谢庄《月赋》，尤为刻画尽致。然以对景生情而论，终不如《秋兴赋》的亲切。

（六）物类之属　贾谊《鹏鸟赋》之后，有祢衡《鹦鹉》、张华《鹪鹩》，但是细加分别，《鹏鸟赋》并不以鹏鸟为对象，还不是此类的正宗。而祢张二氏也只是借物咏怀。直至颜延年《赭白马赋》、鲍照《舞鹤赋》之类，方才是专以咏物为主的。后人作这种赋的最多，而有意义的绝少。

（七）述志之属　这是《离骚》以后的正传。班固《幽通》、张衡《思玄》二篇。最为宏博深雅。潘岳《闲居赋》则别开一境界，专写一时的感触，局面较小，也自然容易出色。

（八）哀伤之属　司马相如《长门赋》开此派之先河。向秀《思旧赋》，陆机《叹逝赋》，潘岳《怀旧赋》《寡妇赋》，江淹《恨赋》《别赋》，都是异曲同工。而鲍照《芜城赋》、庾信《哀江南赋》以实事为对象，尤其愈唱愈高。大约这一种赋，是古人不及近人的。

（九）情爱之属　宋玉《高唐》《神女》二赋之后，曹植《洛神赋》自是古今独步。陶潜《闲情赋》尤有其风趣。萧绎、庾信一班人，都喜欢作这种的文。

（十）艺术之属　王褒《洞箫赋》、傅毅《舞赋》，都属于这一种。王氏之赋，为汉宫人所传诵。是因为题目较小、易于领略的原故。然而陆机《文赋》却是一篇伟大的作品，也在这一类中。

以上是汉魏以来赋的种类，其中大多数都在《文选》著录中。后人也总不能越过这范围了。

四　魏晋文与陆机

西汉末叶的文风，已经渐渐有了骈体的格局了。匡衡的奏疏说："情欲之感，无介于容仪；宴私之意，不形于动静。"王褒的《圣主得贤臣颂》说："荷旃被毳者，难与道纯绵之丽密；羹藜唅糗者，不足与论太牢之滋味。"这是何等均齐的句调，置之唐人的文集中，也不易辨别罢！到了东汉，一般的应用文字，尤其具此特色。

至于一篇之中，纯乎以骈文立格者，却自蔡邕为始，他的《郭有道碑》：

> 先生诞应天衷，聪睿明哲，孝友温恭，仁笃慈惠。夫其器量宏深，姿度广大，浩浩焉，汪汪焉，奥乎不可测已。若乃砥节厉行，直道正辞，贞固足以干事，隐括足以矫时。遂考览六经，探综图纬，周流华夏，随集帝学。收文武之将

坠，拯微言之未绝。于时缨緌之徒，绅佩之士，望形表而景附，聆嘉声而响和者，犹百川之归巨海，鳞介之宗龟龙也。尔乃潜隐衡门，收朋勤诲。童蒙赖焉，用祛其蔽。州郡闻德，虚己备礼，莫之能致。群公休之，遂辟司徒掾。又举有道，皆以疾辞。将蹈鸿涯之遐迹，绍巢许之绝轨。翔区外以舒翼，超天衢以高峙。

像这种渊雅肃穆、典重茂密的风度，是东汉人的特长，而蔡氏的碑板中尤能表现无遗。自此以后，由魏晋以至初唐，凡是庙堂文学，大概无不追宗此派。不过无论如何，总不及东汉的自然厚重罢了，所以也可说这是骈文的正宗。

东汉著名的作者大家都推班（固）张（衡）崔（瑗）蔡（邕）。蔡氏时代最后，地位也最重要。由此过渡，便到了所谓建安七子。其实建安文学表现，在诗的比表现在文的多。他们的文章，所遗留的也大半在应用文方面。内中如魏文帝《与吴质书》一篇，虽不纯乎骈文体格，而历述诸人姓名性格，也是文学史上一重要史料，不能不引在下面：

……昔年疾疫，亲故多离其灾。徐陈应刘，一时俱逝，痛可言邪？……顷撰其遗文，都为一集。观其姓名，已为鬼录。追思昔游，犹在心目，而此诸子，化为粪壤，可复道哉？观古今文人，类不护细行，鲜能以名节自立，而伟长（徐干）独怀文抱质，恬淡寡欲，有箕山之志，可谓彬彬君子者矣。著《中论》二十余篇，成一家之言，辞义典雅，足传于后，此子为不朽矣。德琏（应玚）常斐然有述作之意，其才学足以著书，美志不遂，良可痛惜。间者历览诸子之文，对之抆泪，既痛逝者，行自念也。孔璋（陈琳）章表殊健，微为繁富。公干（刘桢）有逸气，但未遒耳。其五言诗之善者，妙绝时人。元瑜（阮瑀）书记翩翩，致足乐也。仲宣（王粲）续自善于辞赋，惜其体弱，不足起其文，至于所善，古人无以远过。

在魏晋文人当中，我们要特举的是陆机。陆氏的境遇，真彀使我们同情，而他的文学造诣，也实在超乎许多骈文作家之上。因为他不但有情感，而且以理致融合于情感之中；不但能作文，而且能写出作文的理法；不但擅长于一体，而且众体无不兼长。骈文到了陆氏，方才壁垒完备。骈文家奉他为祖师，也不算太过的。

他的作品之中，最值得称述的，是他二十岁时候所作的《文赋》。这篇《文赋》可以说是文学批评中最精粹的文章。《文心雕龙》洋洋数十篇的理论，几乎全被陆氏包罗在这一二千字里面。

他先说文学家的心理先苦而后甘，先有精湛的思虑而后出于自然：

其始也，皆收视反听，耽思旁讯，精骛八极，心游万仞。其致也，情曈昽而弥鲜，物昭晰而互进。……浮天渊以安流，濯下泉而潜浸。

又说包罗对象之广：

罄澄心以凝思，眇众虑而为言。笼天地于形内，挫万物于笔端。

又说身入文境之深切：

信情貌之不差，故每变而在颜。思涉乐其必笑，方言哀而已叹。或操觚以率尔，或含毫而邈然。

又说文人个性之不同：

体有万殊，物无一量。纷纭挥霍，形难为状。辞程才以效伎，意司契而为匠。

又说文章体制之不同：

诗缘情而绮靡，赋体物而浏亮。碑披文以相质，诔缠绵而凄怆。铭博约而温润，箴顿挫而清壮。颂优游以彬蔚，论精微而朗畅。奏平彻以闲雅，说炜晔而谲诳。

又说一篇之中条理秩序之不可紊乱：

或仰逼于先条，或俯侵于后章。或辞害而理比，或言顺而义妨。离之则双美，合之则两伤。

又说一篇之中主意之不可不立：

或文繁理富，而意不指适。极无两致，尽不可益。立片言而居要，乃一篇之警策。虽众辞之有条，必待兹而效绩。

又说出语之不可蹈袭：

虽杼轴于予怀，怵佗人之我先。苟伤廉而愆义，亦虽爱而必捐。

又说瑕瑜互见之不可免：

彼榛楛之勿翦，亦蒙荣于集翠。缀《下里》于《白雪》，吾亦济夫所伟。

又说文章情貌之万殊：

若夫丰约之裁，俯仰之形，因宜适变，曲有微情。或言拙而喻巧，或理朴而辞轻。或袭故而弥新，或沿浊而更清。或览之而必察，或研之而后精。……

又说难易成败之不由自主：

若夫应感之会，通塞之纪，来不可遏，去不可止。……是以或竭情而多悔，或率意而寡尤。虽兹物之在我，非余力之所勠。

陆氏之文，最长于说理境。其绵密精透，无他人能及。每叙一题，必将它的反面正面如剥茧抽丝一般，用恰切的譬喻、精整的句调，传达出来。这实在是他在文学史上能占伟大地位的缘故。

他这种文体，最容易看出、最容易摹拟的，无过于《演连珠》五十首。（《文选》五十五）选几首最精美的录于下：

> 臣闻寻烟染芬，薰息犹芳；征音录响，操终则绝。何则？垂于世者可继，止乎身者难结。是以玄晏之风恒存，动神之化已灭。

“寻烟”四句，不过说香气犹存、琴音易绝而已。他却用此精整的句调，写出微妙的理解。又如：

> 臣闻触非其类，虽疾弗应；感以其方，虽微则顺。是以商飙漂山，不兴盈尺之云；谷风乘条，必降弥天之润。故暗于治者，唱繁而和寡；审乎物者，力约而功峻。

将这种说理的能力应用在说理的文字上，便觉得非常深透。

《豪士赋》序（《文选》四十六）：

夫立德之基有常，而建功之路不一。何则？循心以为量者存乎我，因物以成务者系乎彼。存夫我者，隆杀止乎其域；系乎物者，丰约惟所遭遇。落叶俟微风以陨，而风之力盖寡；孟尝遭雍门而泣，而琴之感以末。何者？欲陨之叶，无所假烈风；将坠之泣，不足繁哀响也。

不独说理之文，即抒情之文，在陆氏亦必重迭反复，申喻引证，使其理透辟，其情显露，而读者领略他的文境，也如身入九曲珠中蚁行之路，趣味深永无穷。尤其造句炼字，无一不精，更令读者欲不细心咀嚼而不可得。在他的《吊魏武帝文》（《文选》六十）序中，最可显出这种文境：

夫日食由乎交分，山崩起于朽壤，亦云数而已矣。然百姓怪焉者，岂不以资高明之质，而不免卑浊之累；居常安之势，而终婴倾离之患故乎？夫以回天倒日之力，而不能振形骸之内；济世夷难之智，而受困魏阙之下。已而格于上下者，藏于区区之木；光于四表者，翳乎蕞尔之土。雄心摧于弱情，壮图终于哀志。长算屈于短日，远迹顿于促路。呜呼！岂特瞽史之异阙景，黔黎之怪颓岸乎？

他这一段话，无非说大人物也有死时。他却将“大”字、“死”字，描写得如此刻露深透。使人除了解他的理论，复加无限的感慨。

再看他的《叹逝赋》（《文选》十六）：

悲夫！川阅水以成川，水滔滔而日度。世阅人而为世，人冉冉而行暮。人何世而弗新，世何人之能故？野每春其必华，草无朝而遗露。经终古而常然，率品物其如素。譬日及之在条，恒虽尽而弗寤。

此不过说人世难常，而用意必比人更深一层，措词必比人更警切一倍，自然容易动人。齐梁以后，还宗此法。例如：谢朓《拜中军记室辞隋王笺》（《文选》四十）：

……朓闻潢污之水，愿朝宗而每竭；驽蹇之乘，希沃若而中疲。何则？皋壤摇落，对之惆怅，歧路西东，或以呜悒。况乃服义徒拥，归志莫从，邈若坠雨，翩似秋蒂。

与陆机同时齐名的，自然是潘岳。潘氏有名文字，如《西征赋》《闲居赋》《秋兴赋》《马汧督诔》等，没有什么十分独到之处值得我们申说的。他的文境，不及陆氏之精深，文体亦不全一致。举一个极微细的例子，陆氏的赋，从不用“兮”字插入句之中间，所以格外显出雄厚劲健的格调，而潘氏则并不然。

潘氏的特点恐怕还在他的善写悲哀。他曾为任子咸夫人作《寡妇赋》（《文选》十六），任夫人是他的姨妹。据说“少丧父母，适人而所天又陨，孤女藐焉始孩，斯亦生民之至艰，而荼毒之极哀”。题材既如此之好，无怪他写得十分悲切：

> ……静阖门以穷居兮，块茕独而靡依。易锦茵以苫席兮，代罗帱以素帷。命阿保而就列兮，览巾箑以舒悲。口呜咽以失声兮，泪横迸而沾衣。愁烦冤其谁告兮，提孤孩于坐侧。时暧暧而向昏兮，日杳杳而西匿。雀群飞而赴楹兮，鸡登栖而敛翼。归空馆而自怜兮，抚衾裯以叹息。思缠绵以瞀乱兮，心摧伤以怆恻。曜灵晔而遄迈兮，四节运而推移。天凝露以降霜兮，木落叶而陨枝。仰神宇之寥寥兮，瞻灵衣之披披。退幽悲于堂隅兮，进独拜于床垂。耳倾想于畴昔兮，目仿佛乎平素。虽冥冥而罔觌兮，犹依依

以凭附。痛存亡之殊制兮，将迁神而安厝。龙辒俨其星驾兮，飞旐翩以启路。轮按轨以徐进兮，马悲鸣而踌顾。潜灵邈其不反兮，殷忧结而靡诉。睎形影于几筵兮，驰精爽于丘墓。自仲秋而在疚兮，逾履霜以践冰。雪霏霏而骤落兮，风浏浏而夙兴。霤泠泠以夜下兮，水溓溓以微凝。意忽恍以迁越兮，神一夕而九升。庶浸远而哀降兮，情恻恻而弥甚。愿假梦以通灵兮，目炯炯而不寝。夜漫漫以悠悠兮，寒凄凄以凛凛。气愤薄而乘胸兮，涕交横而流枕。亡魂逝而永远兮，时岁忽其遒尽。容貌儡以顿悴兮，左右凄其相愍。感三良之殉秦兮，甘捐生而自引。鞠稚子于怀抱兮，羌低徊而不忍。独指景而心誓兮，虽形存而志陨。

这篇言哀之作，将新丧之寡妇一片思前想后痛彻心脾之心理，抒写无遗。任何人不能不说确是其心中所欲言，任何人也不能不下一掬同情之泪了！

五　骈文之论

《文心雕龙·论说篇》说："原夫论之为体，所以辨正然否，穷于有数，追于无形，迹坚求通，钩深取极。乃百虑之筌蹄，万事之权衡也。故其义贵圆通，辞忌枝碎，必使心与理合，弥缝莫见其隙；辞共心密，敌人不知所乘，斯其要也。"

寻常的见解，必以为论说一体非骈文所宜。因为论说是发挥义理的，而骈文以词藻为重，为格律所拘，发挥义理，便有所不足。殊不知以骈文作论说，正可利用它的词藻，供引申譬喻之用，利用它的格律，助精微密栗之观。

自西汉末叶以来，已经有以骈体为论说之趋势。如匡衡等人的奏疏就是。东汉以后，尤其通行。魏晋人好谈义理，那时人的著作，多半以似骈似散的形式出之。往往极尽上文所谓精微密栗的能事。

这里姑且取魏时李康的《运命论》（《文选》五十三）做

一个代表。试看他下列的一段：

> 故曰：治乱，运也；穷达，命也；贵贱，时也。而后之君子，区区于一主，叹息于一朝，屈原以之沈湘，贾谊以之发愤，不亦过乎？然则圣人之所以为圣者，盖在乎乐天知命矣。故遇之而不怨，居之而不疑也。其身可抑，而道不可屈；其位可排，而名不可夺。譬如水也，通之斯为川焉，塞之斯为渊焉，升之于云则雨施，沈之于地则土润。体清以洗物，不乱于浊；受浊以济物，不伤于清。是以圣人处穷达如一也。夫忠直之迕于主，独立之负于俗，理势然也。故木秀于林，风必摧之；堆出于岸，流必湍之；行高于人，众必非之。前监不远，覆车继轨，然而志士仁人，犹蹈之而弗悔，操之而弗失，何哉？将以遂志而成名也。求遂其志，而冒风波于险涂；求成其名，而历谤议于当时。彼所以处之，盖有算矣。

看他的主意，只是说命运有一定。所以只求行其所安，不必计利害祸福。而推阐尽致，一层深过一层，却又一层显似一层。

拿这种文章与所谓唐宋八大家相较，同 说理，却是风度大两样了。譬如演说，八大家（尤其是宋人）仿佛是揎拳掳袖指手画脚的演说家，声音态度可以使人兴奋。然而久听之后，不免嫌他粗豪过甚，没有余味。如其不然，便是摇头摆尾，露出酸腐的神情。再不然，便是捏手捏脚、吞吞吐吐，一味地矫揉造作。倒还不如明朝有几个人的小品文字，尖新疏淡，好像不衫不履的人说两句俏皮的冷话，还易于受人欢迎。唯有魏晋人的说理文，才真是安雅和平，清谈娓娓，不矜不躁，态度自然，使得听的人可以肃然改容，穆然深思。

这种魏晋风度，久已乎在我民族中间为人所忘怀了。初唐盛唐，尚略存一二，自此以降，愈去愈远，一直到最近文体解放，才稍稍有人注意。若以穷则变，变则通的公理推测起来，魏晋文还有被采取的趋势，尤其是应用在说理文上。

李康《运命论》而外，刘孝标有两篇论（《辩命论》与《广绝交论》）是很有名的。不过到了齐梁，文人总有一种习气，他们总爱将词藻来掩盖一切，于是不免有词胜于理的毛病。所以虽是说理的文章，而看上去也是光怪陆离，与抒情写景文差不多一样。

至于论史之文，最可爱的莫过于干宝的《晋纪总论》。他描写晋朝朝野风气之坏，感慨淋漓，使千百年之后读之如在目前，也是文章圣手：

……又加之以朝寡纯德之士，乡乏不二之老，风俗淫僻，耻尚失所。学者以庄老为宗，而黜六经；谈者以虚薄为辩，而贱名俭；行身者以放浊为通，而狭节信；进仕者以苟得为贵，而鄙居正；当官者以望空为高，而笑勤恪。……由是毁誉乱于善恶之实，情慝奔于货欲之涂，选者为人择官，官者为身择利。而秉钧当轴之士，身兼官以十数，大极其尊，小录其要，机事之失，十恒八九。而世族贵戚之子弟，陵迈超越，不拘资次，悠悠风尘，皆奔竞之士，列官千百，无让贤之举。子真著《崇让》而莫之省，子雅制九班而不得用，长虞数直笔而不能纠。其妇女庄栉织纴，皆取成于婢仆，未尝知女工丝枲之业，中馈酒食之事也。先时而婚，任情而动，故皆不耻淫逸之过，不拘妒忌之恶。……礼法刑政，于此大坏，如室斯构而去其凿契，如水斯积而决其堤防，如火斯畜而离其薪燎也。国之将亡，本必先颠，其此之谓乎！

这种文章不躁不矜，清微绵邈，若比起“唐宋八大家”来，一个像风流蕴藉的人，从容挥尘；一个便像村夫子说书，口沫横飞，声嘶力竭了。

在这里有几句附带应说的话，六朝人以有韵偶行者为文而单行者为笔，有许多文字是不能不单行的。就在骈文成了定型的时代，仍有些公牍文字仍用单行。文选中有任昉《奏弹刘整》一篇所引的诉状可以看出。但是公牍文字却单偶兼行，附录一个榜样在这里，以备一格：

萧云英《请停台使检课表》（《骈体文钞》十一）：

> 前台使督逋切调，恒闻相望于道。及臣至部，亦殊不疏。凡此辈使人，既非详慎勤顺，或贪险崎岖，要求此役。朝辞禁门，情态即异；暮宿村县，威福便行。但令朱鼓裁完，铍槊微具，顾眄左右，叱咤自专，擿宗断族，排轻斥重。……其次绛标寸纸，一日数至，征村切里，俄刻十催。四乡所召，莫辨枉直，孩老士庶，具令付狱。或尺布之逋，曲以当匹，百钱余税，且增为千。……值今夕酒谐肉饫，即许附申赦格，明日礼轻货薄，便复不入恩科。筐贡微阙，棰挞肆情，风尘毁谤，随忿而发。及其豚蒜转积，鹅栗渐盈，远则分鬻他境，近则托贸吏民。反请郡邑，助民申缓，回刺言台，推信在所。

六　写景文与齐梁体

郦道元恐怕是古今很少有的学者而兼文学家了。《水经注》这部书，在那交通梗阻图籍缺乏的时代，是很不容易着手的，而他不但叙述得那样有条理，并且能以敏妙的文笔，将一切景物活跃地描写出来，使读者只觉得它是一部动人的游记，而并不是死板板的地理书。我不光是钦佩郦氏，我尤其诧异何以郦氏以后的人，竟没有追上他而加以发挥光大的。

后人学郦氏的不是没有，最著名的便是柳宗元。柳氏的小游记和他的诗一样，的确也很孤峭遒美。虽然柳氏不能像郦氏应用在学术的著作上，也几乎后无来者了。郦氏当时的文体，质直凝重，虽然形式上不很严格，不能脱骈文的气息；而柳氏则完全是以散文形式行之，所以在这本书内，姑且不细谈。

清中叶以后，常州派的骈文家，在写景文内颇想学《水经注》，但是他们陷于尖新的毛病，终不能赶上郦氏之雅重。

下列是《水经注》叙平城的一段：

> 其水夹御路南流，径蓬台西。魏神瑞三年，又建白楼。楼甚高竦，加观榭于其上，表里饰以石粉，皓曜建素，赭白绮分，故世谓之白楼也。后置大鼓于其上，晨昏伐以千椎，为城里诸门启闭之候，谓之戒晨鼓也。又南径皇舅寺西，是太师昌黎王冯晋国所造，有五层浮图。其神图像皆合青石为之，加以金银火齐，众彩之上，炜炜有精光。又南径永宁七级浮图西，其制甚妙，工在寡双。又南，远出郊郭，弱柳荫街，丝杨被浦，公私引裂，用周园溉，长塘曲池，所在布濩，故不可得而论也。

郦道元是北朝人，同时在南朝的有鲍照，也很有这种风格。他的游记文字不多，只有一篇《登大雷岸与妹书》，却是很彀代表的了。他的妹就是鲍令晖，本来也是个女作者，大约写此书的时候，也不是随便下笔的。看他的写景，很使了一番大劲：

> 向因涉顿，凭观川陆。遨神清渚，流睇方曛。东顾五州之隔，西眺九派之分。窥地门之绝景，望天际之孤云。

长图大念，隐心者久矣。南则积山万状，负气争高。含霞饮景，参差代雄。凌跨长陇，前后相属。带天有匝，横地无穷。东则砥原远隰，亡端靡际，寒蓬夕卷，古树云平。旋风四起，思鸟群归，静听无闻，极视不见。北则陂池潜演，湖脉通连，苎蒿攸积，菰芦所繁。栖波之鸟，水化之虫，智吞愚，强捕小，号噪惊聒，纷牣其中。西则回江永指，长波天合，滔滔何穷，漫漫安竭，创古迄今，舳舻相接。思尽波涛，悲满潭壑。烟归八表，终为野尘。而是注集，长写不测，修灵浩荡，知其何故哉？西南望庐山，又特惊异：基压江潮，峰与辰汉连接。上常积云霞，雕锦缛。若华夕曜，岩泽气通，传明散彩，赫似绛天。左右青霭，表里紫霄。从岭而上，气尽金光；半山以下，纯为黛色。信可以神居帝郊，镇控湘汉者也。若潨洞所积，溪壑所射，鼓怒之所豗击，涌澓之所宕涤，则上穷荻浦，下至狶洲，南薄燕爪，北极雷淀，削长埤短，可数百里。其中腾波触天，高浪灌日，吞吐百川，写泄万壑。轻烟不流，华鼎振涾，弱草朱靡，洪涟陇蹙。散涣长惊，电透箭疾，穹溘崩聚，坻飞岭覆。回沫冠山，奔涛空谷，碪石为之摧碎，碕岸为之齑落。仰视大火，俯听波声，愁魄胁息，心惊慓矣。

他是以作赋的气局来作书的。但是像“从岭而上，气尽金光；半山以下，纯为黛色”这种白描法，就不是平常作赋手所能作到的了。

同时像吴叔庠《与朱元思书》，气概虽不如郦鲍，而精细似尤过之：

> 风烟俱净，天山共色，从流飘荡，任意东西。自富阳至桐庐，一百许里，奇山异水，天下独绝。水皆缥碧，千丈见底，游鱼细石，直视无碍，急湍甚箭，猛浪若奔。夹岸高山，皆生寒树，负势竞上，互相轩邈，争高直指，千百成峰。泉水激石，泠泠作响，好鸟相鸣，嘤嘤成韵。蝉则千啭不穷，猿则百叫无绝。鸢飞戾天者，望峰息心；经纶世务者，窥谷忘反。横柯上蔽，在昼犹昏；疏条交映，有时见日。

我们要知道以描写山水风景为题材的，要算是始于谢灵运。谢氏的诗乃至他的诗题，莫不与上面所述的写景文有同音之雅。可见这是当时一种风尚，遍于南北，正如齐梁人喜欢以女子为题材一样。但是谢氏本传说他性好游山，以致山中人疑心他是山贼，这又是文学风尚与现实生活有密切关系的证据了。

写景绵丽，是齐梁文的特长，这样一来，文体也就轻艳了许多，而汉魏厚重之风，为之一变。

这个时代的美文，既然逐渐向“均齐”方面发展它的特长。它的用字，它的造句，它的取势，都以均齐取得流美的态度。同时却也保存一种健厚的风骨。所以尤与写景文为合宜。试以下列各段，证明它的流美：

谢庄《宋孝武宣贵妃诔》（《文选》五十七）：

玄丘烟煴，瑶台降芬。高唐渫雨，巫山郁云。诞发兰仪，光启玉度。望月方娥，瞻星比婺。……帷轩夕改，輧辂晨迁，离宫天邃，别殿云悬。灵衣虚袭，组帐空烟。巾见余轴，匣有遗弦。……

孔稚珪《北山移文》（《文选》四十三）：

使我高霞孤映，明月独举。青松落阴，白云谁侣。磵石摧绝无与归，石径荒凉徒延伫。至于还飙入幕，写雾出楹。蕙帐空兮夜鹄怨，山人去兮晓猿惊。昔闻投簪逸海岸，今见解兰缚尘缨。

这种是近于赋一类的作品。在前一类例子，不过显出它的精丽浓厚工稳，而后一个例子，更显出佻荡的态度，远不似汉魏人的朴厚了。

就赋来说，像谢庄的《月赋》，可以说是独开一派。

谢庄《月赋》（《文选》十三）：

> 陈王初丧应刘，端忧多暇。绿苔生阁，芳尘凝榭。悄焉疚怀，不怡中夜。乃清兰路，肃桂苑，腾吹寒山，弭盖秋阪。临浚壑而怨遥，登崇岫而伤远。……若夫气霁地表，云敛天末，洞庭始波，木叶微脱。菊散芳于山椒，雁流哀于江濑，升清质之悠悠，降澄辉之蔼蔼。列宿掩缛，长河韬映，柔祇雪凝，圆灵水镜，连观霜缟，周除冰净。君王乃厌晨欢，乐宵宴，收妙舞，弛清县，去烛房，即月殿，芳酒登，鸣琴荐。若乃凉夜自凄，风篁成韵。亲懿莫从，羁孤递进，聆皋禽之夕闻，听朔管之秋引。

到了齐梁之间，更衍成一种抒情的赋，用绵丽的色彩，写幽怨的情绪。这一派以江淹为最好的代表。

江淹《别赋》（《文选》十六）：

黯然销魂者，唯别而已矣！况秦吴兮绝国，复燕宋兮千里。或春苔兮始生，乍秋风兮暂起。……又若君居淄右，妾家河阳，同琼佩之晨照，共金炉之夕香。君结绶兮千里，惜瑶草之徒芳。惭幽闺之琴瑟，晦高台之流黄。春宫闷此青苔色，秋帐含兹明月光。夏簟清兮昼不暮，冬釭凝兮夜何长。织锦曲兮泣已尽，回文诗兮影独伤。……下有芍药之诗，佳人之歌，桑中卫女，上宫陈娥。春草碧色，春水渌波，送君南浦，伤如之何？至乃秋露如珠，秋月如珪，明月白露，光阴往来，与子之别，思心徘徊。

不独于赋，凡是写景写情之文，用之于记序书启的，无往不然。

王融《三月三日曲水诗序》（《文选》四十六）：

……于时青鸟司开，条风发岁。粤上斯巳，惟暮之春。同律克和，树草自乐。禊饮之日在兹，风舞之情咸荡。去肃表乎时训，行庆动于天瞩。载怀平圃，乃眷芳林。芳林园者，福地奥区之凑，丹陵若水之旧。殷殷均乎姚泽，膴膴尚于周原。狭丰邑于未宏，陋谯居之犹褊。求中和而经处，揆景纬以裁基。飞观神行，虚檐云构，离房乍设，层楼间起。

> 负朝阳而抗殿，跨灵沼而浮荣。镜文虹于绮疏，浸兰泉于玉砌。幽幽丛薄，秩秩斯干。曲拂邅回，潺湲径复。新萍泛沚，华桐发岫。杂夭采于柔荑，乱嘤声于绵羽。……

《哀江南赋》的起源，可以说是多方面的。它的凝重处很像陆机，轻艳处很像江淹，而最擅长的特色，所谓长驱千里的气势，掩抑悲壮的声调，却的确是从鲍照而出的。

鲍氏所作诸赋，最能代表其个性者，莫如《芜城赋》。试看他末尾一段：

> ……崩榛塞路，峥嵘古馗。白杨早落，塞草前衰。棱棱霜气，蔌蔌风威。孤蓬自振，惊沙坐飞。灌莽杳而无际，丛薄纷其相依。通池既已夷，峻隅又已颓。直视千里外，唯见起黄埃。凝思寂听，心伤已摧。若夫藻扃黼帐，歌堂舞阁之基，璇渊碧树，弋林钓渚之馆，吴蔡齐秦之声，鱼龙爵马之玩，皆薰歇烬灭，光沉响绝。东都妙姬，南国丽人，蕙心纨质，玉貌绛唇，莫不埋魂幽石，委骨穷尘。岂忆同舆之愉乐，离宫之苦辛哉？天道如何，吞恨者多，抽琴命操，为芜城之歌。歌曰：边风急兮城上寒，井径灭兮丘陇残，千龄兮万代，共尽兮何言！

细加体会，他是以散文之气势装上骈文的色泽。而散文气势何以能应用于骈文，则全在下列诸端：

（一）用韵的参差。就上引一段而论，一连用支韵八韵。其中“通池既已夷，峻隅又已颓”二句，并且是二句连押一韵。及至“薰歇烬灭，光沉响绝”，却又是一韵只作两句，突然停歇。这种参差错落的用韵法，最能使气势振荡。大凡平声韵宜于平铺直叙，而仄声韵宜于振起精神。平铺直叙的，越重迭越冗长越足以显出雄厚。振起精神的，越短促越突兀越足以显出劲健——固然反过来用亦未尝不可。这是发挥气势的一个妙诀。

（二）造句的参差。换句话说，便是寓散于整。《芜城赋》开口一句，是“瀰迤平原，南驰苍梧涨海，北走紫塞雁门”，这就是以散句领整句。底下一句“天道如何，吞恨者多”，又是以散句夹整句。这么一来，不为格律所囿，气势自然疏宕。

（三）色泽的参差。陆士衡在《文赋》里说：“暨音声之迭代，若五色之相宣。”骈文虽以色泽为其必具之条件，然而也必须浓淡相间，方能免呆滞重浊之病。《芜城赋》最擅长色泽之变幻。他在“凝思寂听，心伤已摧”之后，接着“若夫藻扃黼帐，歌堂舞阁之基，璇渊碧树，弋林钓渚之馆”几句，便是在疏淡之后接上几句秾丽凝重的句子。不独看起来极尽参错之致，读起来尤足使人耳目为之一新。

傅亮、任昉都可以代表晋宋与齐梁之间一种骈而兼散的作风。傅氏的句法，是整散兼行。他的气息可是厚重纡徐偏于骈文的方面。试看他的《为宋公修张良庙教》（《文选》三十六）：

> 夫盛德不泯，义存祀典，微管之叹，抚事弥深。张子房道亚黄中，照邻殆庶，风云玄感，蔚为帝师，夷项定汉，大拯横流，固已参轨伊望，冠德如仁。若乃交神圯上，道契商洛，显默之际，窅然难究，渊流浩瀁，莫测其端矣。

又看任氏《王文宪集序》（《文选》四十六）：

> 昉行无异操，才无异能，得奉名节，迄将一纪。一言之誉，东陵侔于西山；一眄之荣，郑璞逾于周宝。士感知己，怀此何极？出入礼闱，朝夕旧馆，瞻栋宇而兴慕，抚身名而悼恩。公自幼及长，述作不倦，固以理穷言行，事该军国，岂直雕章缛采而已哉？若乃统体必善，缀赏无地，虽楚赵群才，汉魏众作，曾何足云？曾何足云？昉尝以笔札见知，思以薄技效德，是用缀缉遗文，永贻世范。

七　书札文与徐陵

凡是说事理的文字，愈整齐愈有力量，愈反复愈易明白。整齐反复都是骈文擅长之点。所以骈文用在说理的文字——一是论说，一是书札，都最合宜。尤其是书札，必须于陈说事理透彻详尽以外，更用妍美的色泽声调，来发挥它的情韵。

这类的书札，以徐陵为专家。而徐氏之前最有名的一篇，是丘迟《与陈伯之书》。伯之是逃亡北朝的军将，丘氏要劝他回来。看他书中几行警句，千载之下，犹可令人慷慨泣下。他说：

> 暮春三月，江南草长，杂花生树，群莺乱飞。见故国之旗鼓，感生平于畴日。抚弦登陴，岂不怆悢？所以廉公之思赵将，吴子之泣西河，人之情也，将军岂无情哉？想早励良规，自求多福！

徐陵使魏，适值侯景之变。又值齐受魏禅，陵屡求反梁复命，齐终拘留不遣。于是陵与齐仆射杨愔书以争之。书中将齐人设词不遣的理由，一一驳辩，往复激昂，深至透切。如今分析略举如次：

齐人的意思，第一说梁乱未已，回去也是无益。他便以元帝即位江陵已是中兴答之：

> 若使郊禋楚翼，宁非祀夏之君？戡定艰难，便是匡周之霸。岂徒豳王徙雍，期月为都，姚帝迁河，周年成邑。方今越裳藐藐，驯雉北飞，肃慎茫茫，风牛南偃。吾君之子，含识知归。而答旨云何所投身，斯其未喻一也。

齐人的意思，说道路恐怕不通。他说别人往来如常，何以他便不能去：

> 晋熙等郡，皆入贵朝，去我寻阳，经途何几？至于铛铛晓漏，的的宵烽，隔溆浦而相闻，临高台而可望。……近者邵陵王纶通和此国，郢中上客，云聚魏都，邺下名卿，风驰江浦。岂卢龙之径，于彼新开；铜驼之街，于我长闭？何彼途甚易，非劳于五丁；我路为难，如登于九折？

齐人的意思，又说路上恐怕有劫掠的危险，资助保护，都不容易。他说使者并无资财，也并不敢劳齐朝的资送，即使被劫，也不怨齐朝：

……如其境外，脱殒轻躯，幸非边吏之差，何在匹夫之命。……又此宾游，通无货殖。忝非韩起聘郑，私买玉环，吴札过徐，躬要宝剑。……骨肉不任充鼎俎，皮毛不足入货财。盗有道焉，吾无忧也。又公家遣使，脱有资须，本朝非隆平之时，游客岂皇华之势？轻装独宿，非劳聚橐之仪，微骑间行，宁望辎轩之礼？归人将从，私具驴骡，缘道亭邮，惟希蔬粟。若曰留之无烦于执事，遣之有费于官司，或以颠沛为言，或云资装可惧，固非通论，皆是外篇。

齐人的意思，又说怕他回去归附侯景。他说齐人未免太不知人，使者何至委身于仇敌：

……昔钜平贵将，悬重于陆公；叔向名流，深知于鬷蔑。吾虽不敏，常慕前修，不图明庶有怀，翻期以此量物。

齐人的意思，又怕他回去做北朝的奸细，或者复命江陵之后，又复奔赴侯景。他说北朝的情势，侯景本人比谁都清楚。至于先到江陵而后逃出，正如今日想逃出齐境是一样的不可能：

假使吾徒还为凶党，侯景生于赵代，家自幽恒，居则台司，行为连率，山川形势，军国彝章，不劳请箸为筹，便当屈指能算。……若谓复命西朝，终奔东虏，虽齐梁有隔，尉候奚殊，岂以河曲之难浮，而曰江关之可济。河桥马渡，宁非宋典之奸？关路鸡鸣，皆曰田文之客。

齐人的意思，也许以对梁尚存敌意，所以不放使人。他便说：

……凡诸元帅，并释缧囚，爰及偏裨，同无翦馘。乃至钟仪见赦，朋笑遵途，襄老蒙归，虞歌引路。吾等张旃拭玉，修好寻盟，涉泗之与浮河，郊劳至于赠贿。公恩既被，宾敬无违，今者何愆？翻蒙贬责。

齐人的意思，也许反以厚礼羁縻为好意。他便说：

若曰妖氛永久，丧乱悠然，哀我奔波，存其形魄，固己铭兹厚德，戴此洪恩。譬渤海而俱深，方嵩华而犹重。但山梁饮啄，非有意于笼樊，江海飞浮，本无情于钟鼓。况吾等营魂已谢，余息空留，悲默为生，何能支久？是则虽蒙养护，更夭天年。

齐人的意思，也许姑且以俟乱平回国。他便说：

若云逆竖歼夷，当听反命，高轩继路，飞盖相随，未解其言，何能善谑。……政恐南阳菊水，竟不延龄，东海桑田，无由可望。

他将所有齐人的言论，一一加以辩驳，然后动之以至情，首述思亲，次念妻子：

吾奉违温凊，仍属乱离，寇虏猖狂，公私播越。萧轩靡御，王舫谁持？瞻望乡关，何心天地？自非生凭廪竹，源出空桑，行路含情，犹其相愍。……吾以圭璋玉帛，通聘来朝，属世道之屯期，钟生民之否运。兼年累载，无申元直之祈；衔泣吞声，长对公闾之怒。情礼之诉，将同逆鳞，忠孝之言，皆应齰舌。是所不图也，非所仰望也。且天伦之爱，何得忘怀，妻子之情，谁能无累。……况吾生离死别，多历暄寒，孀室婴儿，何可言念！如得身还乡土，躬自推求，犹冀提携，俱免凶虐。……岁月如流，平生何几？晨看旅雁，心赴江淮；昏望牵牛，情驰扬越。朝千悲而掩泣，夜万绪而回肠，不自知其为生，不自知其为死也！

徐氏在齐朝，又为贞阳侯萧渊明致王僧辩书好几次。都是剖陈利害反复尽致的。这种说事理的书札，几乎古今无第二手。唯有唐朝的李商隐，学他可算到家。而陆贽也能运用他的长处，而不袭取他的形式。此外宋明人固然赶不上，清人虽然善于学古，也从不见有能学他的。

徐氏还有一种专写友谊的书札，以纡徐妍妙见长。试从他的《与李那书》的第一段注意，看它的体势：

籍甚清徽，常怀虚眷。山川缅邈，河渭像于经星；顾望风流，长安远于朝日。青葽戒节，白露为霜。君子惟宜，福履多豫。雍容廊庙，献纳便繁，留使催书，驻马成檄。车骑将军，宾客盈座，丞相长史，瞻对有劳。脱惠笺缯，慰其翘想。

按清中叶以后，普通的书札，都是开头叙寒暄，并将彼我两方的关系总提数句，次将彼方恭维几句，（俗以奉承谄媚为恭维，便是因为书札上习用“恭维大人阁下”的原故。）然后再讲到彼此的情谊，希望常通信等。徐氏此文已经有些这种套头，所以他在文体上，确是占重要位置的一个人。

大概那个时候书札的款式，已渐有定律，所以周弘让与王褒两个人，一个在南，一个在北，他们往来的信一个说：

江南燠热，橘柚冬青，渭北沍寒，杨榆晚叶。土风气候，各集所安，餐卫适时。寝兴多福，甚善甚善。

一个说：

嗣宗穷途，杨朱歧路，征蓬长逝，流水不归。舒惨殊方，炎凉异节，木皮春厚，桂树冬荣。想摄卫惟宜，动静多豫。

齐梁人的文笔，是轻艳一路，所以用在短短的笺启上，最合式不过。试看梁简文帝的作品：

零雨送秋，轻寒迎节，江枫晓落，林叶初黄……白云在天，苍波无极。（《与萧临川书》）

至如春庭落景，转蕙承风，秋雨朝晴，檐梧初下。浮云生野，明月入楼，时命亲宾，乍动严驾。（《答张缵谢示集书》）

小启中用典故来刻画生姿，这也是齐梁人的习惯。他们那时的风尚，是记事精博，所以沈约曾同人赌记栗的故事。这种习惯，可说是畸形的发展，然而如果使用得聪明，也很足以增词令之妙。这种用典的小启于今流传最多的，是庾肩吾、庾信父子的。而梁元帝《为妾弘夜姝谢东宫赉合心花钗启》，尤为此类文字的绝作，本来题目就妍丽非凡也。

未得投壶，先应含笑，不因鸾凤，自能歌舞。夜姝昔住阳台，虽逢四照，曾游澧浦，惯识九衢。未有仍代爵钗，还胜翠羽，饰以南金，装兹丽玉。修靡夫人，本分章华之里，中山孺子，独荷春宫之恩。有志当熊，无期投阁。

庾肩吾的小启，没有什么十分特别，而庾信则因为身世的关系，除了用典故之外，还有一种深婉的情致。正如他别的文章一样。譬如他的《谢赵王赉息（儿子）丝布启》，就很值得称诵：

南冠获宥，既预礼筵，稚子胜衣，还蒙拜谒。关尹津梁之织，邺地双丝；扶风彩文之机，仙园独茧。青衿宜袭，书生无废学之诗；春服既成，童子得雩沂之舞。况复栖乌挟子，同知桂树之恩，泽雉将雏，共喜行春之令。根株一润，枝叶俱荣。

由此以推至丁写情书，用这种风格，更是最适当不过的了。像何逊《为衡山侯与妇书》，实在使我们爱玩得不忍释手。

昔人遨游洛汭，会遇阳台，神女仿佛，有如今别。虽帐前微笑，涉想犹存，而幄里余香，从风且歇。掩屏为疾，引领成劳，镜想分鸾，琴悲别鹤。心如膏火，独夜自煎，思等流波，终朝不息。始知萋萋萱草，忘忧之言不实；团团轻扇，合欢之用为虚。路迩人遐，音尘寂绝，一日三秋，不足为喻。聊陈往翰，宁写款怀。迟枉琼瑶，慰其杼轴。

好一个“帐前微笑，涉想犹存，幄里余香，从风且歇”，这真是一篇之警策，其余都是废话了。这是何等温柔的情致、细腻的风光呀！

还有庾信的《为梁上黄侯世子与妇书》，同一题材，同一机构，而妍秀得有加无已，也是我所不能割爱的。

昔仙人导引，尚刻三秋，神女将梳，犹期九日。未有龙飞剑匣，鹤别琴台，莫不衔怨而心悲，闻猿而下泪。人非新市，何处寻家？别异邯郸，那应知路？想镜中看影，当不含啼；栏外将花，居然俱笑。分杯帐里，却扇床前，故是不思，何时能忆。当学海神，逐潮风而来往；勿如织女，待填河而相见。

齐梁的新体诗，是专门以妇女生活为题材的。徐陵所选的《玉台新咏》，便是新体诗的总集。所以他那篇《玉台新咏序》，也就是以新体诗的面目，施于无韵文的最完美的代表。

他描写女子之佳丽，如：

妆鸣蝉之薄鬓，照堕马之垂鬟。反插金钿，横抽宝树。南都石黛，最发双蛾；北地燕支，偏开两靥。

他描写女子之工文，如：

加以天情开朗，逸思雕华，妙解文章，尤工诗赋。琉璃砚匣，终日随身，翡翠笔床，无时离手。清文满箧，非惟芍药之花；新制连篇，宁止蒲萄之树。九日登高，时有缘情之作；万年公主，非无累德之辞。

他描写女子之心思，如：

既而椒宫宛转，柘馆阴岑，绛鹤晨严，铜蠡昼静。三星未夕，不事怀衾。五日犹赊，谁能理曲。优游少托，寂寞多闲。厌长乐之疏钟，劳中宫之缓箭。轻身无力，怯南阳之捣衣，生长深宫，笑扶风之织锦。虽复投壶玉女，为观尽于百骁；争博齐姬，心赏穷于六箸。无怡神于暇景，惟属意于新诗。可得代彼皋苏，微蠲愁疾。

八 《哀江南赋》

庾信的文章，虽然美不胜收，而横绝古今不可磨灭者，必推《哀江南赋》。以个人所经历与时事相穿插，《离骚》以后，从没遇见这种杰作。《离骚》隐约其词，杂以幻想，而《哀江南赋》纯写事实，尤其是不容易。

这篇文章，是描写侯景乱梁前后的江南情形。以信本人的身世为经，以所闻所见的时事为纬。本来江南三百年没有遭过这样重大的兵灾，朝野欢娱，金迷纸醉，一旦变生戎马，道路流离，这是何等值得叙述的事。而况信自己出身大族，仕宦有名，出使境外，国亡家破，他的情感，自然是深刻动人的。所以这篇文章的题目，就非常之好，而信又恰好有一套特殊的新鲜的文体，足与这个动人的题目相称。所以无疑地成为无对的杰构。

他作文的旨趣已在序中说得明白，是梁亡以后客居长安之时所作的，所以说“追为此赋，聊以记言。不无危苦之词，惟以悲哀为主”。赋中的词意，就不免于重沓错综。为挈领振裘起见，逐段说明如下：

南朝大族大半是从北方随晋元帝而南迁的，庾氏也不能例外。他首先叙这一段，则是溯述他的出身，一则是北人迁南，迁南而又归北，客变为主，主仍变而为客。这是当时一般的现象，也是南北久分而将合的预兆。庾氏一身身世之关键，也就在此。所以很用力地叙述一下，以当开场白。他说：

> 我之掌庾承周，以世功而为族：经邦佐汉，用论道而当官。……居负洛而重世，邑临河而宴安。……值五马之南奔，逢三星之东聚；彼凌江而建国，始播迁于吾祖。分南阳而赐田，裂东岳而胙土；诛茅宋玉之宅，穿径临江之府。……

后面还有一段略述祖先之事，然后讲到他的父亲。他父亲庾肩吾原是简文帝的宫僚，简文即位以后，为朝端重臣之一。侯景忌他，叫他到上游去，几为所害。这都是后来的事情，信父子差不多同时仕宦，文学之名也相先后，所以就此叙到他自己。他说：

降生世德，载诞贞臣，文词高于甲观，楷模盛于漳滨；嗟有道而无凤，叹非时而有麟。既奸回之奰（怒也）逆，终不悦于仁人（以上叙其父，以下自叙）。王子滨洛之岁（十五岁），兰成（他自称他的小名）射策之年。始含香于建礼，仍矫翼于崇贤；游洊雷之讲肆，齿明离之胄筵。既倾蠡而酌海，遂测管而窥天。方塘水白，钓渚池圆。

以上便是说他做东宫学士的时代。他又说：

乃解悬而通籍，遂崇文而会武；居笠毂而掌兵，出兰池而典午。论兵于江汉之君，拭玉于西河之主。

这是说任兼文武，出使江陵，与湘东王论水战，随后聘于东魏。在这已将自己身世略略说明之后，便将南朝未乱以前的状况出力地追摹，以为盛衰的对照：

于时朝野欢娱，池台钟鼓。里为冠盖，门成邹鲁。连茂苑于海陵，跨横塘于江浦。东门则鞭石成桥，南极则铸铜为柱。橘则园植万株，竹则家封千户。西赆浮玉，南琛没羽。吴歈越吟，荆艳楚舞。草木之遇阳春，鱼龙之逢风雨。

五十年中，江表无事。王歙为和亲之侯，班超为定远之使。马武无预于甲兵，冯唐不论于将帅。岂知山岳暗然，江湖潜沸，渔阳有闾左戍卒，离石有将兵都尉。天子方删诗书，定礼乐；设重云之讲，开士林之学；谈劫烬之灰飞，辨常星之夜落。地平鱼齿，城危兽角；卧刁斗于荥阳，绊龙媒于平乐；宰衡以干戈为儿戏，缙绅以清谈为庙略。乘渍水以胶船，驭奔驹以朽索。小人则将及水火，君子则方成猿鹤。敝箪不能救盐池之咸，阿胶不能止黄河之浊。

这一段慷慨悲凉极了。“五十年中，江表无事……岂知山岳暗然，江湖潜沸”。这种转折，是何等自然？一段之中转三个韵，又都是仄声的韵，愈加使得音节悲壮哽咽，真使人回想太平时代，一面地追羡，一面地痛恨。这种情绪，我们生当今日，也是最不能忘的。

底下便说到梁武帝误信侯景以致身死台城的事：

既而鲂鱼赪尾，四郊多垒；殿狎江鸥，宫鸣野雉；湛卢去国，艅艎失水。见被发于伊川，知百年而为戎矣！彼奸逆之炽盛，久游魂而放命。大则有鲸有鲵，小则为枭为獍。负其牛羊之力，凶其水草之性。非玉烛之能调，岂璇玑之可正！值天下之无为，尚有欲于羁縻。饮其琉璃之酒，赏其虎豹之皮。见胡柯于大夏，识鸟卵于条枝。豺牙宓厉，虺毒潜吹。轻九鼎而欲问，闻三川而遂窥。始则王子（临贺王正德）召戎，奸臣介胄。既官政而离逷，遂师言而泄漏。望廷尉之逋囚，反淮南之穷寇。出狄泉之苍鸟，起横江之困兽。地则石鼓鸣山，天则金精动宿。北阙龙吟，东陵麟斗。尔乃桀黠横扇，冯陵畿甸。拥狼望于黄图，填卢山于赤县。青袍如草，白马如练。天子履端废朝，单于长围高宴。两观当戟，千门受箭。白虹贯日，苍鹰击殿。竟遭夏台之祸，终视尧城之变。官守无奔问之人，干戚非平戎之战。陶侃空争米船，顾荣虚摇羽扇。

底下更说诸路将帅败亡之状：

将军死绥，路绝长围。烽随星落，书逐鸢飞。遂乃韩分赵裂，鼓卧旗折。失群班马，迷轮乱辙。……昆阳之战象走林，常山之阵蛇奔穴。五郡则兄弟相悲，三州则父子离别。护军（韦粲）慷慨，忠能死节。三世为将，终于此灭。济阳（江子一）忠壮，身参末将。兄弟三人，义声俱唱。主辱臣死，名存身丧。敌人归元，三军凄怆。尚书（羊侃）

多算，守备是长。云梯可拒，地道能防。有齐将之闭壁，无燕师之卧墙。大事去矣，人之云亡！申子（柳仲礼）奋发，勇气咆勃。实总元戎，身先士卒。胄落鱼门，兵填马窟。屡犯通中，频遭刮骨。功业夭枉，身名埋没。或以隼翼鷃披，虎威狐假。沾渍锋镝，脂膏原野。兵弱虏强，城孤气寡。闻鹤唳而心惊，听胡笳而泪下。拒神亭而亡戟，临横江而弃马。崩于钜鹿之沙，碎于长平之瓦。

再说台城沦陷，而梁之宗室自相猜嫌，坐视不救，而武帝遂死：

于是桂林颠覆，长洲麋鹿。溃溃沸腾，茫茫墋黩。天地离阻，神人惨酷。晋郑靡依，鲁卫不睦。竞动天关，争回地轴。探雀鷇而未饱，待熊蹯而讵熟？乃有车侧郭门，筋悬庙屋。鬼同曹社之谋，人有秦庭之哭。

从这“秦庭之哭”一句转到他自己奉使西行，所闻所见。第一是历尽关塞之苦：

尔乃假刻玺于关塞，称使者之酬对。逢鄂坂之讥嫌，值彨门之征税。乘白马而不前，策青骡而转碍。

第二是侯景之兵与王僧辩等之兵战于长江。这一段写得最有声有色：

吹落叶之扁舟，飘长风于上游。彼锯牙而钩爪，又循江而习流。排青龙之战舰，斗飞燕之船楼。张辽临于赤壁，王濬下于巴丘。乍风惊而射火，或箭重而回舟。未辨声于黄盖，已先沉于杜侯。落帆黄鹤之浦，藏船鹦鹉之洲。路已分于湘汉，星犹看于斗牛。

底下便说他到江陵依湘东王，艰难羁旅之状：

若乃阴陵失路，钓台斜趣。望赤壁而沾衣，舣乌江而不渡。雷池栅浦，鹊陵焚戍。旅舍无烟，巢禽无树。谓荆衡之杞梓，庶江汉之可恃。淮海维扬，三千余里。过漂渚而寄食，托芦中而渡水。届于七泽，濒于十死。嗟天保之未定，见殷忧之方始。本不达于危行，又无情于禄仕。谬掌卫于中军，滥尸丞于御史。信生世等于龙门，辞亲同于河洛。奉立身之遗训，受成书之顾托。昔三世而无惭，今七叶而始落。泣风雨于《梁山》，惟枯鱼之衔索。入欹斜之小径，掩蓬藋之荒扉。就汀洲之杜若，待芦苇之单衣。

然后王僧辩之兵由上游顺流而下，大败侯景，收复台城：

于时西楚霸王，剑及繁阳。鏖兵金匮，校战玉堂。苍鹰赤雀，铁轴牙樯。沉白马而示众，负黄龙而渡江。海潮迎舰，江萍送王。戎车屯于石城，戈船掩于淮泗。诸侯则郑伯前驱，盟主则荀罃暮至。剖巢熏穴，奔魑走魅。埋长狄于驹门，斩蚩尤于中冀。燃腹为灯，饮头为器。直虹贯垒，长星属地。昔之虎踞龙盘，加以黄旗紫气。莫不随狐兔而窟穴，与风尘而殄瘁。

事平之后，举目凄凉：

西瞻博望，北临玄圃，月榭风台，池平树古。倚弓于玉女窗扉，系马于凤皇楼柱。仁寿之镜徒悬，茂陵之书空聚。

以下便再将当时重要人物一一加以凭吊。第一是简文帝，本信之旧主，即位不多时，为侯景所害：

若夫立德立言，谟明寅亮；声超于系表，道高于河上；更不遇于浮丘，遂无言于师旷。以爱子而托人，知西陵而谁望？非无北阙之兵，犹有云台之仗。

第二是王僧辩，有匡复之功，而为陈霸先所陷，其境遇尤为悲惨：

司徒之表里经纶，狐偃之惟王实勤。横雕戈而对霸主，执金鼓而问贼臣。平吴之功，壮于杜元凯；王室是赖，深于温太真。始则地名全节，终则山称枉人。南阳校书，去之已远；上蔡逐猎，知之何晚！

第三是邵陵王纶，有战功而不终：

镇北之负誉矜前，风飙凛然。水神遭箭，山灵见鞭。是以蛰熊伤马，浮蛟没船。才子并命，俱非百年。

第四是元帝（湘东王）恋江陵而不东归，专与弟兄寻衅，使中兴之业败于垂成，尤其是信所痛心的：

中宗之夷凶靖乱，大雪冤耻。去代邸而承基，迁唐郊而纂祀。反旧章于司隶，归余风于正始。沉猜则方逞其欲，藏疾则自矜于己。天下之事没焉，诸侯之心摇矣。既而齐交北绝，秦患西起。况背关而怀楚，异端委而开吴。驱绿林之散卒，拒骊山之叛徒。营军梁溠，蒐乘巴渝。问诸淫昏之鬼，求诸厌劾之符。荆门遭廪延之戮，夏口滥逵泉之诛。蔑因亲以致爱，忍和乐于弯弧。既无谋于肉食，非所望于《论都》。未深思于五难，先自擅于三端。登阳城而避险，卧砥柱而求安。既言多于忌刻，实志勇而刑残。但坐观于时变，本无情于急难。地惟黑子，城犹弹丸。其怨则黩，其盟则寒。岂冤禽之能塞海？非愚叟之可移山。

由此之故，魏兵乘隙攻破江陵而梁遂亡：

况以沴气朝浮，妖精夜陨。赤乌则三朝夹日，苍云则七重围轸。亡吴之岁既穷，入郢之年斯尽。周含郑怒，楚结秦冤。有南风之不竞，值西邻之责言。俄而梯冲乱舞，冀马云屯。俴秦车于畅毂，沓汉鼓于雷门。下陈仓而连弩，渡临晋而横船。虽复楚有七泽，人称三户，箭不丽于六麋，雷无惊于九虎。辞洞庭兮落木，去涔阳兮极浦。炽火兮焚旗，贞风兮害蛊。

其时犹有王琳、陆法和之徒，忠义亦无所施，坐看大事之去而已：

下江余城，长林故营。徒思拑马之秣，未见烧牛之兵。章曼支以毂走，宫之奇以族行。河无兵而马渡，关未晓而鸡鸣。忠臣解骨，君子吞声。章华望祭之所，云梦伪游之地。荒谷缢于莫敖，冶父囚于群帅。硎谷折拉，鹰鹯批攒。冤霜夏零，愤泉秋沸。城崩杞妇之哭，竹染湘妃之泪。

底下便叙述江陵城陷以后，士民被虏，狼狈入关之状。信也是其中之一人：

水毒秦泾，山高赵陉。十里五里，长亭短亭。饥随蛰燕，暗逐流萤。秦中水黑，关上泥青。于是瓦解冰泮，风飞电散。浑然千里，淄渑一乱。雪暗如沙，冰横似岸。逢赴洛之陆机，见离家之王粲。莫不闻陇水而掩泣，向关山而长叹。况复君在交河，妾在清波，石望夫而逾远，山望子而逾多。才人之忆代郡，公主之去清河。栩阳亭有离别之赋，临江王有愁思之歌。别有飘飖武威，羁旅金微。班超生而望返，温序死而思归。李陵之双凫永去，苏武之一雁空飞。

这一段文章凄艳极了，也说到无可再说了。于是将陈霸先受禅及自己入关作客以及追思作赋之意，做一总结。他说“天道回旋”，便是以他一家由北而南、由南而再归北的事实，作一篇之骨干，回映到篇首几句话。可以说首尾完具，无一丝漏洞了：

若江陵之中否，乃金陵之祸始。虽借人之外力，实萧墙之内起。拨乱之主忽焉，中兴之宗不祀。伯兮叔兮，同见戮于犹子。荆山鹊飞而玉碎，随岸蛇生而珠死。鬼火乱于平林，殇魂游于新市。梁故丰徙，楚实秦亡。不有所废，其何以昌？有妫之后，将育于姜。输我神器，居为让王。天地之大德曰生，圣人之大宝曰位。用无赖之子弟，举江东而全弃。惜天下之一家，遭东南之反气。以鹑首而赐秦，天何为而此醉！且夫天道回旋，生民预焉。余烈祖于西晋，始流播于东川。洎余身而七叶，又遭时而北迁。提挈老幼，关河累年，死生契阔，不可问天。况复零落将尽，灵光岿然！日穷于纪，岁将复始。逼迫危虑，端忧暮齿。践长乐之神皋，望长平之贵里。渭水贯于天门，骊山回于地市。幕府大将军之爱客，丞相平津侯之待士。见钟鼎于金张，闻弦歌于许史。岂知灞陵夜猎，犹是故时将军；咸阳布衣，非独思归王子！

所以总括起来，他这篇文字，是以自己为主体而作的。以他自身所感触者为限，而不是泛泛地作一篇记事文。所以情绪自然亲切而淋漓。

在技术方面，我们所能看出来的特点，约有下列几项：

一是用韵的谐美。比如："君在交河，妾在清波，石望夫而逾远，山望子而逾多。"比江淹、鲍照而又进一层，使全篇文字呈一种流利轻巧的音节。

一是用典的贴切。这一层是徐庾两氏所同擅场的，用不着再说。

一是骈偶之中夹以散行。比如："见被发于伊川，知百年而为戎矣！"又如："伯兮叔兮，同见戮于犹子。"不独内容，连形式都变得参差不齐，使全篇文字一点不觉得呆板，但觉其自然。

庾信同时，有颜之推与庾氏感同样的遭际，也作了一篇《观我生赋》。载在《北齐书》本传中。比较起来，方知道《哀江南赋》是不可及的。清朝洪杨之乱初起时，王闿运也用这个题目作了一篇，一意模仿，非常的形似。然而这种杰构，终是不可无一不能有二的。

庾氏的文章佳处，在以单行之气贯于骈偶中，实在算一个骈体的解放者。最能表现这种精神的必推《思旧铭》。《思旧铭》是为梁观宁侯萧永而作的。永与庾信、王褒同为南人，而流落北朝。其死的时候，褒有送葬之诗，而信作此篇。因情感之特殊，所以文章格外悲壮。

……人之戚也，既非金石所移。士之悲也，宁有春秋之异？高台已倾，稷下有闻琴之泣；壮士一去，燕南有击筑之悲。项羽之晨起帐中，李陵之徘徊歧路，韩王孙之质赵，楚公子之留秦，无假穷秋，于时悲矣。……所谓天乎，乃曰苍苍之气，所谓地乎，其实抟抟之土。怨之徒也，何能感焉？……昔尝欢宴，风月留连，追忆平生，宛然心目。及乎垂翅秦川，关河羁旅，降乎悲谷之景，实有忧生之情。美酒酌焉，犹思建邺之水；鸣琴在操，终思华亭之鹤。重为此别，呜呼甚哉！

庾信的文集，经乱丧失。现在所存的，都是作客关中时代的作品。除了大部分应酬文字而外，都是沉郁悲壮一路。然而也有一两篇是在梁朝所作的，号为宫体。这却非常绮艳，也是骈文中不可无一不可有二的。举两个例子，如《春赋》：

宜春苑中春已归，披香殿里作春衣。新年鸟声千种啭，二月杨花满路飞。河阳一县并是花，金谷从来满园树。一丛香草足碍人，数尺游丝即横路。开上林而竞入，拥河桥而争渡。出丽华之金屋，下飞燕之兰宫。钗朵多而讶重，髻鬟高而畏风。眉将柳而争绿，面共桃而竞红。影来池里，花落衫中。

这种赋的特点，就是句调像诗。赋到了这步田地，也就没有法子再进步再变幻了。

又如《镜赋》：

……始折屏风，新开户扇。朝光晃眼，早风吹面。临桁下而牵衫，就箱边而著钏。宿鬟尚卷，残妆已薄。无复唇珠，才余眉萼。靥上星稀，黄中月落。镜台银带，本出魏宫。能横却月，巧挂回风。龙垂匣外，凤倚花中。……暂设妆奁，还抽镜屉。竞学生情，争怜今世。鬟齐故掠，眉平犹剃。飞花砖子，次第须安。朱开锦踏，黛蘸油檀。脂和甲煎，泽渍香兰。量髻鬓之长短，度安花之相去。悬媚子于搔头，拭钗梁于粉絮。

描写妇女生活，至于“鬓齐故掠，眉平犹剃”“量髻鬓之长短，度安花之相去”，这简直可与仇十洲之画美人相比，而又过之。这种文字，从庾氏以后，竟没有人再作咧。

附：

庾信《哀江南赋》及注释

粤以戊辰之年，建亥之月[①]，大盗移国[②]，金陵瓦解。余乃窜身荒谷[③]，公私涂炭[④]。华阳奔命[⑤]，有去无归[⑥]，中兴道销，穷于甲戌[⑦]。三日哭于都亭[⑧]，三年囚于别馆[⑨]。

---

① 粤，发语辞。戊辰，梁武帝太清二年（548）。建亥之月，阴历十月。

② 大盗移国，是《后汉书》指王莽的话，这里用来比侯景的篡夺梁朝。

③ 荒谷，穷乡僻壤，一说是古楚国地名。庾信在此时奔往江陵，江陵在春秋时为楚国都城。

④ 涂炭，陷在泥潭火坑，形容遭受灾难。这句意思说：全国上下都遭难。

⑤ 华阳，指关中地方，那时是西魏。奔命，奔忙应付，庾信是奉使到西魏去的。

⑥ 有去无归，庾信至西魏后，江陵不久被西魏攻陷，从此无所归了。

⑦ 甲戌，梁元帝承圣三年（554）。元帝于承圣元年起兵讨灭侯景，梁朝中兴有了希望。不料这一年西魏兵破江陵，把元帝杀害了，中兴的希望就落了空，所以有这两句话。

⑧ 都亭，城外的驿亭，是公众集会的地方。这句说：听到梁朝败亡的凶信，自己寄寓别国，不能发丧，只得到城外的都亭去遥哭。

⑨ 别馆，安置别国人的地方。这里三日、三年，都不过是一种词令，并不是真的哭三日，囚三年。

天道周星[①]，物极不反[②]。傅燮之但悲身世，无处求生[③]；袁安之每念王室，自然流涕[④]。昔桓君山之志事[⑤]，杜元凯之平生[⑥]，并有著书，咸能自序[⑦]。潘岳之文采，始述家风[⑧]；陆机之辞赋，先陈世德[⑨]。信年始二毛，即逢丧乱[⑩]，藐是流离[⑪]，至于暮齿[⑫]。《燕歌》远别[⑬]，悲不自胜；楚老相逢，泣将何

① 周星，指岁星运行一周天。岁星，即木星，古人以岁星十二年一周天。这句说：一个很长的时间过去了。

② 物极不反，指梁朝的复兴没有转机。古语："物极必反"，这里改了一个字，表示作者失望的心情。

③ 傅燮，东汉人，官汉阳太守，被敌人围困，冲锋陷阵，慷慨战死。临难前说："世乱不能养浩然之气，食禄又欲避其难乎？"但悲身世，无处求生，形容傅燮战死时的心情。

④ 袁安，东汉时司徒，当时政权在外戚豪门手中，自己没有力量扶助王室，所以每对人谈国事就不觉泪随声下。这一联是作者以古人自况。

⑤ 桓君山，即桓谭，东汉光武帝时官给事中，著有《新论》廿九篇。

⑥ 杜元凯，即杜预，晋初儒将，著《春秋经传集解》。

⑦ 自序，桓谭、杜预两作，均有自序；作者在赋序中提到，有援例之意。

⑧ 潘岳，见《西征赋》题解。他的作品中有《家风诗》。

⑨ 陆机见《文赋》题解。有《祖德》《述先》两赋。

⑩ 二毛，白发与黑发相间；指中年。丧乱，指梁朝的变故。侯景陷台城为549年，是年庾信三十七岁，西魏陷江陵为554年，是年庾信四十二岁。

⑪ 藐是，可怜，狼狈。

⑫ 暮齿，晚年。庾信作此赋已在晚年。

⑬ 《燕歌》，古乐府诗题，描写从征的苦况，庾信自己也作过一篇。

及[1]！畏南山之雨，忽践秦庭[2]；让东海之滨[3]，遂餐周粟[4]。下亭漂泊[5]，高桥羁旅[6]；楚歌非取乐之方[7]，鲁酒无忘忧之用[8]。追为此赋，聊以记言。不无危苦之辞，惟以悲哀为主[9]。

---

① 楚老，指《列子》的一段寓言，大意是：燕国人自幼生长于楚，老来还乡，走到晋国，旁人骗他，说这就是你的故乡。他立刻哭起来了。

② 南山，指江南的梁朝；雨，指兵祸。秦庭，指西魏及后来的北周，均建都于古秦都。这句是借避雨比喻自己避祸求生，立足秦地。

③ 让东海之滨，指战国时田太公和迁齐康公于海上事，这里用来比喻北周篡夺西魏。让，禅让，是饰美之词，庾信是个俘囚式的客卿，不敢明说篡夺；而当时拓跋氏的西魏灭亡，宇文氏的北周兴起，也是庾信所亲历的一件大事，虽然不在本文范围之内，当然也不能一句不提。所以在这篇序里带叙一笔。

④ 周粟，用伯夷叔齐耻食周粟的故事。北周国号又与姬周巧合，所以妙语双关。庾信反过来用这句成语，表示自己违反初意，悔恨无穷。

⑤ 下亭，路上寄宿的亭，东汉孔嵩被公府征召，赴京都途中，宿下亭，马被盗。这里用这典故描写自己漂泊之苦。

⑥ 高桥，即皋桥，在苏州阊门内。东汉时吴郡大姓皋伯通宅第所在。梁鸿曾在皋宅做工。这句是用这典故写自己在关中作客，寄人篱下。

⑦ 楚歌，楚国的民歌，张良用楚歌唤起项羽士卒的思乡之念，后世遂将楚歌比作怀乡的悲歌。这句说：歌唱本用以取乐，但楚歌却令人起怀乡之愁。

⑧ 鲁酒，《庄子·胠箧》："鲁酒薄而邯郸围。"《释文》引许慎注《淮南子》：楚会诸侯，鲁赵皆献酒于楚王。主酒吏求酒于赵，赵不与，吏怒，乃以赵厚酒易鲁薄者。楚王以赵酒薄，遂围邯郸。后世遂以鲁酒为薄酒。这句说：薄酒不能解忧。

⑨ 危苦，悲恸。以上四句直率地说明由于这种抑郁无聊的心情，追忆在江南的旧事，解明这篇赋所以悲痛的缘由。

日暮途远[1]，人间何世[2]？将军一去，大树飘零[3]；壮士不还，寒风萧瑟[4]。荆璧睨柱，受连城而见欺[5]；载书横阶，捧珠盘而不定[6]。钟仪君子，入就南冠之囚[7]；季孙行人，留守西河之馆[8]。

---

① 日暮途远。本伍子胥语。庾信借来说自己年纪已老，没有前途。

② 人间何世，现在也不知换了一个什么世代。《人间世》是《庄子》中的一篇，内容写人世互相代谢。

③ 大树，指东汉将军冯异事。冯异在别人争功时，常倚树不言己功，被人称为大树将军，这句说：冯异这样的良将去后，大树也因之凋落失色了。

④ 壮士，指荆轲。荆轲由燕国出发谋刺秦王，在易水边作了两句歌："风萧萧兮易水寒，壮士一去兮不复还。"以上一联，以将军和壮士比喻自己，当时离开梁国去向西魏求援，他自己所率的军队星散，而自己又有与荆轲有同样的悲壮心情。

⑤ 荆，即楚。璧，指和氏璧。和氏璧是楚国产的，故称。睨，斜视。这句指蔺相如完璧归赵的故事。秦国诡称愿以十五城交换赵国的璧，蔺相如带璧到秦，秦王得璧而无意交城，蔺相如情知其诈，将璧收回说：如果你威逼我，我就连玉带人向柱子一撞完事。说话时眼睛朝着柱子斜看着，所以说"荆璧睨柱"。相如并未被欺而完成了使命；这里运化这典故，说自己"见欺"，没有完成使命。

⑥ 载书，盟约。珠盘，珠饰的铜盘。这是战国时毛遂的故事。平原君到楚国结盟抗秦，谈判许久，没有结论，毛遂持剑上阶，据理力争，说服了楚王，当即捧铜盘请双方歃血为盟。古时订盟要歃血，盘是盛牛血的。毛遂是定了盟，完成了使命的，这里说"不定"，也是运化这典故，指自己没有完成使命。

⑦ 钟仪，见《登楼赋》注。这句是指自己留秦，正如钟仪之囚于异国。

⑧ 季孙，春秋时鲁国执政的贵族，参加平丘之盟，被晋国扣留，替他在西河地方预备行馆。行人，使者。这句说：自己被扣留，与季孙相似。

申包胥之顿地，碎之以首[①]；蔡威公之泪尽，加之以血[②]。钓台移柳，非玉关之可望[③]；华亭鹤唳，岂河桥之可闻[④]？

孙策以天下为三分，众才一旅[⑤]；项籍用江东之子弟，人惟八千[⑥]；遂乃分裂山河，宰割天下[⑦]。岂有百万义师[⑧]，一朝卷甲[⑨]，芟夷斩伐，如草木焉[⑩]！江淮无涯岸之阻[⑪]，亭壁无藩篱之

---

① 申包胥，春秋楚大夫。楚国被吴国攻占，申包胥到秦国去求救，秦君不肯出兵，申包胥站在秦宫门口哭了七天，秦君被他感动了，应允出兵，申包胥在地上叩了九个头表示感谢。

② 蔡威公，春秋时蔡国君主，知道国家将亡，痛哭三天三夜，哭出血来。这一联比喻自己国亡而不能救。

③ 钓台，在武昌。移，应作栘（yí），杨树。玉关，玉门关。这句说：故乡的杨柳，不是身在玉门关的人所能望见。

④ 唳（lì），鹤鸣声。华亭，在今上海松江境，为陆机的家乡。陆机被杀前说："华亭鹤唳，岂可闻乎？"河桥，陆机被杀的地方，在河南境。这是说自己老死北方，也不能再听到家乡的声音了。

⑤ 一旅，五百人。这是说孙策初起兵时不过几百人，后来居然定下三分的局面，据有东吴。

⑥ 项籍，项羽名，起初也是从江南起兵北伐的，他自己说过：当初同渡江的是江东的八千子弟。

⑦ 这一联引用孙、项的事迹，证明江南的兵力不是不可用的。

⑧ 百万义师，侯景叛，梁武帝发兵赴江北抵御，号称百万。

⑨ 卷甲，弃甲而逃。

⑩ 芟（shān）夷，割草。指侯景屠杀梁朝军民。这是说：竟有如此强大的兵力，一下子就放弃抵抗，让敌人来屠杀的事！按从侯景之乱起到江陵被陷止，死于刀锋下的不少，史书上确有记载，所以庾信说得这样沉痛。

⑪ 江、淮，指长江、淮河；应该是可以防止敌人进攻的地方。这句说：江、淮之险，连一道浅水岸边都比不上。

固[1]。头会箕敛者合从缔交[2]，锄耰棘矜者因利乘便[3]。将非江表王气，终于三百年乎[4]？

是知并吞六合[5]，不免轵道之灾[6]；混一车书[7]，无救平阳之祸[8]。呜呼！山岳崩颓，既履危亡之运[9]；春秋迭代，必有去故之悲[10]。天意人事，可以凄怆伤心者矣。况复舟楫路穷，星

---

① 亭壁，堡垒的墙垣。这句说：亭壁不及一道竹篱笆坚固。

② 头会箕敛，按人头数收捐税，用簸箕来装，是秦末义军凑钱充军用的方法。合从，即合纵，联合抗秦的专用名词。

③ 锄耰，锄头的柄。棘矜，戟的柄。棘，同“戟”。以上两句都是秦代末年起兵反抗秦政权的情况，借以比喻陈霸先一班人利用起兵讨侯景的名义，纠集实力，为自己造成机会。

④ 江表，指江南地方。王气，指王朝的气运。从前有一种传说，说江南建立王朝，有三百年的气运，从孙权立国起到梁的灭亡正好差不多三百年，所以庾信说：难道这是定数难逃吗？

⑤ 六合，上下和四方，指天下。这是说秦始皇统一全国。

⑥ 轵道，秦朝末代皇帝子婴投降的地方。这是说秦始皇尽管有这样大的野心，还是免不了亡国。

⑦ 混一车书，指统一全国。《礼记·中庸》说：“车同轨，书同文。”

⑧ 平阳，西晋最后两个皇帝怀帝和愍帝被俘杀的地方。西晋曾灭了吴国，将分裂的三国局面重新统一，但是也免不了亡国。庾信引用这两件事，说明统治的王朝总有沦亡的一天，也不足怪。

⑨ 山岳崩颓，指梁朝倾覆。履，经历。运，世运，事变。

⑩ 迭代，轮流改换。这一联再转一个意思：虽然废兴存亡原无一定，无奈自己生逢其时，譬如春去秋来，迎新送旧，不能没有回想当年的感慨。

汉非乘槎可上[1]；风飚道阻，蓬莱无可到之期[2]。穷者欲达其言，劳者须歌其事[3]。陆士衡闻而抚掌[4]，是所甘心；张平子见而陋之，固其宜矣[5]。

我之掌庾承周，以世功而为族[6]；经邦佐汉，用论道而当官[7]。禀嵩华之玉石[8]，润河洛之波澜[9]；居负洛而重世[10]，邑临

① 星汉，天河。槎，枯木做的船。古时传说，张骞寻河源，曾坐着海上的一只浮槎，到了天河。

② 飚，暴风。蓬莱，传说中的海上神山，据说人在快进蓬莱时，必有一阵风来，把船刮开，终于不能到达。这一联比喻自己想回南方，已经绝望。

③ 穷者，指无路可走的人。劳者，指疲劳困苦的人。古语说："饥者歌其食，劳者歌其事。"这两句本此。

④ 士衡，陆机字。陆机听说左思要作《三都赋》，曾笑他不自量。抚掌，就是拍手大笑。

⑤ 平子，张衡字，张衡嫌班固的《两都赋》见解浅陋。这一联的意思是：自己要作这篇赋来抒发忧郁，不管别人的评论如何了。这篇序文简述作者所处的环境和作赋的缘起，与赋既不重复，又是全篇有机的组成部分。也是骈体，不同于赋的，只是不用韵而已。

⑥ 掌庾承周，庾氏祖先是周朝管仓庾的官，庾是露天的谷仓。族，姓氏。因为世代以此为职业，所以得了这个姓。

⑦ 经邦，治国。汉朝有什么姓庾的大官，史书上无可考。或者庾信只是泛泛说在汉朝有人居官职，不一定专指某人。

⑧ 禀，秉赋；嵩华，指嵩山、华山；庾氏世居于今河南南部，所以说秉赋嵩山、华山的玉石之灵。

⑨ 河洛，指黄河、洛水。这句说：浸润着黄河、洛水的波澜。

⑩ 负洛，背靠洛水。重世，世代相传。

河而宴安[1]。

逮永嘉之艰虞[2]，始中原之乏主[3]；民枕倚于墙壁[4]，路交横于豺虎[5]；值五马之南奔[6]，逢三星之东聚[7]；彼陵江而建国[8]，始播迁于吾祖[9]。分南阳而赐田，裂东岳而胙土[10]；诛茅

① 邑，指作者的籍贯新野，新野城在淯河边，故说“临河”。宴安，富足平安。

② 逮，到。永嘉，晋怀帝的年号，这时西晋正当乱亡的时代。艰虞，艰危忧患。

③ 中原乏主，指从永嘉年间到庾信的时代，中原一直没有稳定的统一政权。这是追溯动乱的开端。

④ 这句说：乱事中的人饥饿疲乏，不能支持，靠着墙壁。

⑤ 交横，纵横。豺虎，指军阀兵匪。

⑥ 五马，晋惠帝时有童谣云：“五马浮渡江。一马化为龙。”马，指晋朝皇室司马氏。司马氏的人纷纷向南奔逃，其中一个就变为晋元帝了。

⑦ 三星东聚，永嘉元年间，星象家说荧惑、岁星、太白三星聚于牵牛、织女星间，主王室东迁。这是古代将天象和人事相附会的论调。

⑧ 陵，迈过。晋元帝南渡，就在金陵建都，开启东晋一朝。

⑨ 播迁，展转迁徙。庾信的八世祖庾滔在这时也跟随王室南渡。

⑩ 胙，祭祀的肉，这里用作动词，就是分一块土地的意思。南阳、东岳，都是借用《左传》上的典故，来说明自己的祖先曾受过封爵。按，庾滔封遂昌侯，始居于江陵。

宋玉之宅[1]，穿径临江之府[2]。水木交运[3]，山川崩竭[4]，家有直道，人多全节[5]；训子见于纯深，事君彰于义烈[6]。新野有生祠之庙，河南有胡书之碣[7]。况乃少微真人[8]，天山逸民[9]，阶庭空谷[10]，门巷蒲轮[11]；移谈讲树[12]，就简书筠[13]。降生世德，载诞

---

① 诛茅，锄去野草，预备建筑房屋。宋玉曾经住过荆州（今湖北江陵），有他的旧宅。庾滔也在江陵定居。

② 穿径，开辟道路，也指经营居宅。临江，指临江王。项羽立共敖为临江王，都于江陵。

③ 水木交运，古代有五行图谶之说，每一王朝，都和五行之一相附会，这里水运指刘宋，木运指萧齐。这是说：经历了宋齐两朝的兴灭。

④ 山川崩竭，形容改朝换代，天下多故。

⑤ 这一联说：在这改朝易代之际，自己的祖先还是直道而行，多有尽忠于旧主的。

⑥ 这一联说：自己祖先的家教以事父尽孝、事君尽忠为主。

⑦ 新野生祠，未详，当系为庾氏的祖先所立。胡书之碣，旧有两解：一说，胡书为蝌蚪文。一说，胡昭所写。按，胡昭与钟繇同时，并学书法于刘德昇，胡书体肥，钟书体瘦，世有“胡肥钟瘦”之称。碣，墓碑。当亦指庾氏先人墓碑。

⑧ 少微，星座名，代表隐居的处士。

⑨ 天山，《易经》中的一个卦象，名为“遁卦”，占得者利于隐遁。逸民，隐逸的人。庾信的祖父庾易是个不仕的隐士。

⑩ 这句说：门前幽静，没有人到，如同空山。

⑪ 蒲轮，用蒲草包裹车轮，使车行不颠簸。这是古代征聘高年贤人的礼数。庾易曾被征聘作司空主簿，未就。

⑫ 移谈讲树，在树下和朋友讨论，这里是用晋初名士嵇康在柳树下和人清谈的典故。

⑬ 筠，竹皮，古代用竹简写字，这是说庾易的著作。

贞臣[①]，文词高于甲观[②]，楷模盛于漳滨[③]；嗟有道而无凤[④]，叹非时而有麟[⑤]。既奸回之奰逆[⑥]，终不悦于仁人[⑦]。

王子滨洛之岁[⑧]，兰成射策之年[⑨]。始含香于建礼[⑩]，仍矫

---

① 载，发语词。诞，降生。贞臣，忠臣。这里说：生下自己的父亲，传袭祖上的德行，做国家的忠臣。庾信父亲名庾肩吾，在梁朝居官有清望。

② 甲观，汉元帝太子（即成帝）住的地方，故做太子宫的代称。庾肩吾曾做东宫舍人等太子宫中的官，以文词著名。

③ 漳滨，漳水之滨，是曹操、曹丕、曹植父子兄弟住的地方，他们都是帝王中讲究文学的，一时有名的文人都聚于宫廷，这里拿来与梁武帝、简文帝时文人相聚的规模相比，意思说比当日漳滨的规模还要盛大。

④ 有道，有道之君的省文，指简文帝。凤，古人认为是神鸟，是天下太平的征兆，《尔雅·释鸟》说凤“见则天下大安宁”。这是说简文帝虽是有道之君，可惜生在乱世。

⑤ 麟，古时认为是祥兽，是贤人的象征，乱世不应出现。孔子曾因鲁国获麟，叹为出非其时。这是说他生不逢时。

⑥ 奸回，奸邪。指侯景及其他反对庾肩吾的人。奰（bì），怒而作气貌；逆，反叛；奰逆，跋扈不法。

⑦ 这是指庾肩吾为侯景手下的人所逼，逃到江陵事。也可能指庾肩吾在梁朝受到别人排挤，因而不得意。以上叙他祖先事迹，以下转到本人。

⑧ 王子，指周灵王的太子晋，从小聪明，据说十五岁就有很好的才学，游于伊洛之间。所以王子在洛水之滨的年岁就是十五岁。

⑨ 兰成，庾信的小名；射策，应考。就是说自己十五岁就出来应考。

⑩ 含香，汉桓帝时，因尚书郎刁存口毒，给以鸡舌香含在口中，从此，尚书郎奏事时，口里常含鸡舌香。建礼门，郎官值班的地方。这是说自己出身的官职。

翼于崇贤[1]；游洊雷之讲肆[2]，齿明离之胄筵[3]。既倾蠡而酌海[4]，遂测管而窥天[5]。方塘水白，钓渚池圆[6]；侍戎韬于武帐[7]，听雅曲于文弦[8]。乃解悬而通籍[9]，遂崇文而会武[10]；居笠毂而掌兵[11]，出兰池而典午[12]。论兵于江汉之君[13]，拭玉于西河

---

① 矫翼，高飞起来，指擢升。崇贤，太子宫的宫门。庾信初做东宫抄撰学士，又回任东宫学士，故说“仍”。

② 洊（jiàn）雷，《易经》上“震卦”的一种卦象，震卦象征长子，这里指太子。讲肆，讲书的地方。

③ 齿，排列。明离，《易经》上“离卦”的卦象，是光明之征，比喻太子的英明。胄，长子；胄筵，即太子的讲席。这些是说自己官居东宫学士。

④ 蠡，舀水的瓢。酌海，量海水。

⑤ 管，小孔。以管窥天，当然不能看见天的全体。这两句是古代成语，自谦见识浅陋，才不胜任。

⑥ 钓渚，见《芜城赋》注。这两句写太子宫中的风景，侧写与太子游乐。

⑦ 戎韬，战略；武帐，讨论军事及发号施令之处，设有各种武器。这是说也曾参与军国大事。

⑧ 雅曲，郊庙朝会所奏的乐曲。文弦，琴的代称，相传琴本五弦，文王加二弦，使成七弦，故称琴为文弦。这句说：也曾参加各种朝廷的典礼。

⑨ 解悬通籍，是《汉书·陈汤传》里的话，原意是把罪名解除，恢复出入宫门的权利。庾信并不是罪人，借用这话，不过是谦词罢了。

⑩ 这里说：不但免罪居官，而且兼任文武要职。按，庾信任东宫学士，又领直春宫兵马，故谓。

⑪ 笠毂，兵车。

⑫ 兰池，汉朝一座宫殿的名称。典午，司马的隐词；典，就是“司”，马，在十二生肖中属“午”。司马，是掌兵官。

⑬ 江汉之君，指湘东王绎，即后来的元帝。湘东王镇守江陵，正在江汉两水之交。故称。庾信曾奉命与湘东王商议军事。

之主[1]。

于时朝野欢娱，池台钟鼓[2]。里为冠盖[3]，门成邹鲁[4]。连茂苑于海陵[5]，跨横塘于江浦[6]。东门则鞭石成桥[7]，南极则铸铜为柱[8]。橘则园植万株，竹则家封千户[9]。西赆浮玉，南琛没羽[10]。吴

---

① 拭玉，古代使者手执玉圭，就座的时候，擦擦干净，这是一种外交仪节，所以用作出使的代称。西河之主，指东魏，西河在战国时代属魏，故谓。按，当时北方的高欢已经另外立了一个君主，从洛阳迁都于邺，称为东魏，原来的魏帝西奔长安，投靠宇文氏，称西魏。梁朝与东魏邻近，常有使命往来。庾信曾经一度充任使臣到东魏。以上自叙在梁朝未乱以前的经历。

② 这句说：梁朝上上下下歌舞升平，追欢取乐。

③ 冠盖，里名。汉宣帝时，襄阳南至宜城百余里，有巨宦数十家，冠盖掩映，因号曰冠盖里。这是指人物鼎盛。

④ 邹、鲁，孟子、孔子的故乡，文风很盛。这是指文教事业发达。

⑤ 茂苑，指从前吴国的苑囿。海陵也是附近的地名。这是说苑囿的扩大。

⑥ 横塘，在今南京西南。是三国时东吴自江口沿淮所筑的堤。梁武帝时曾加以培修。这是指梁武帝曾兴修水利。

⑦ 鞭石成桥，秦始皇东游，作石桥横于海上，有神驱石下海，石头不动，神用鞭打，使石流血，这是用古代神话，形容梁的疆界东至大海。

⑧ 铸铜为柱，马援南征时，树立铜柱，作为汉朝极南的边界。当时梁朝新开发了中国南方一些地区，设置了郡县。并且发展了海上的交通，和南方各国建立关系，庾信所描述的并不全是夸大的话。

⑨ 家封千户，《史记·货殖列传》说，种千亩竹子，所得的利润等于一个千户采邑的侯爵。这是说梁朝物产的丰富。

⑩ 赆（jìn），贡品。琛，珍宝。浮玉、没羽。都是外国的珍奇东西。这是说远方都来朝贡。按史书上所载，几乎每年都有来朝贡的。所以也是说的事实。

歈越吟[①]，荆艳楚舞[②]。草木之遇阳春，鱼龙之逢风雨[③]。

五十年中，江表无事[④]。班超为定远之侯[⑤]，王歙为和亲之使[⑥]。马武无预于甲兵[⑦]，冯唐不论于将帅[⑧]。岂知山岳暗然，江湖潜沸[⑨]，渔阳有闾左戍卒[⑩]，离石有将兵都尉[⑪]。

天子方删诗书，定礼乐[⑫]；设重云之讲，开士林之学[⑬]；谈

① 歈（yú），歌。

② 艳，乐曲的引子，这里泛指歌。这是说音乐歌舞的富盛。

③ 这里意思说：这时的繁荣安泰，正如草木逢春，鱼龙得雨一般的快乐。

④ 五十年，从梁朝开国起，到侯景之乱，共历四十七年。这里不用排偶，用散句一提。显得文势在统一之中又有变化。

⑤ 班超，东汉时出使西域，封定远侯。

⑥ 王歙，王昭君侄，封和亲侯，派赴匈奴。这一联说南北通好，没有战争。有的本子作"王歙为和亲之侯，班超为定远之使"，虽然颠倒，无害于文义。

⑦ 马武，东汉初年云台二十八将之一，曾自请伐匈奴，而光武帝不许，所以说"无预于甲兵"。

⑧ 冯唐，汉文帝时人。文帝曾和他讨论将帅的人材。这两句是说，由于太平无事，有可用之人而不用；又不研究国防问题，毫无戒备。

⑨ 暗然，惨淡无光貌。潜沸，暗涛。山岳黯然无色，江湖渐起风波，指祸事在酝酿。

⑩ 渔阳有闾左戍卒，用秦朝末年陈胜起兵的故事。喻侯景之乱。

⑪ 离石有将兵都尉，指西晋末年的刘渊。刘渊曾任北部都尉，后来起事于离石（今山西境）。他是匈奴人，比喻侯景更为切合。

⑫ 天子，指梁武帝，他著有《毛诗问答》《尚书大义》《乐社义》等书，又曾自定礼乐。

⑬ 重云，殿名，梁武帝好佛学，在重云殿讲经；又曾开士林馆，请文学之士递相讲学。以上这些都是实事。

劫烬之灰飞[①]，辨常星之夜落[②]。地平鱼齿，城危兽角[③]；卧刁斗于荥阳[④]，绊龙媒于平乐[⑤]；宰衡以干戈为儿戏[⑥]，缙绅以清谈为庙略[⑦]。乘渍水以胶船[⑧]，驭奔驹以朽索[⑨]。小人则将及水火[⑩]，君子则方成猿鹤[⑪]。敝箄不能救盐池之咸[⑫]，阿胶不能止黄河之

---

① 劫烬之灰，传说汉武帝掘昆明池，发现池底黑灰，问东方朔，他说要问西域人方才可以知道，后来西域僧徒到了中国，有人把这话问他，他说这是天地经了大劫，烧剩下的灰。于是成了常用的典故。

② 常星，即恒星，汉代因避文帝刘恒的讳，故改称。据佛徒传说，春秋时代鲁庄公七年（前678）四月初八夜，恒星不见。正是释迦牟尼降生的那天。以上两件事都是佛教徒常说的，梁武帝非常信佛，所以举这件事说明他经常谈论佛经。

③ 鱼齿，山名，取来与“兽角”作对。兽角是比喻城的形状。这里说：鱼齿山下，一片平地，毫不设防；城墙倾颓，也不修理。形容疏忽武备。

④ 刁斗，古代行军时的炊事用具，夜里敲打作声，用来巡行警戒，这项古物存在荥阳的库中。（见《汉书·李广传》注）这句说：刁斗卧而不用了。

⑤ 龙媒，马名，汉朝洛阳的平乐馆有铜铸的马，这句说：战马被拴起来了。

⑥ 宰衡，执政的首相。干戈，指武备。这句说：执政者轻视武备。

⑦ 缙绅，士大夫。清谈，祖述老、庄学说的不切实际的空谈。庙略，朝廷的政策。

⑧ 胶船，用胶粘合的船；坐这种船，在水里浸着，危险可想。

⑨ 这句说：用朽坏的绳索驾驭奔马。也是形容当时局势的危险。

⑩ 小人，指平民。水火，指灾难。

⑪ 猿鹤，传说周穆王南征，一军的君子都化为猿鹤，小人则化为沙虫。见《列子》。君子，指上层分子。这句说：上层人士也面临危亡。

⑫ 敝箄（bǐ），破的簸箕。这句说：用一个破的簸箕，漉去盐池的盐质是办不到的。

浊[1]。既而鲂鱼赪尾[2]，四郊多垒[3]；殿狎江鸥[4]，宫鸣野雉[5]；湛卢去国[6]，艅艎失水[7]。见被发于伊川，知百年而为戎矣[8]！

彼奸逆之炽盛，久游魂而放命[9]。大则有鲸有鲵[10]，小则为

---

① 阿（ē），原是地名，指山东东阿，出产驴皮胶，自古有名。阿胶可以澄清渣滓，但是用少量的阿胶不可能止住黄河的污浊。这是说局势已经恶化，挽回不过来了。

② 鲂鱼，又称鳊鱼。《诗·周南·汝坟》中说："鲂鱼赪尾，王室如毁。"鲂鱼疲劳了，尾部就要变成红色。以鲂鱼的赪尾比拟王室的苦难重重。

③ 四郊多垒，这句话出在《礼记·曲礼》，在近郊筑起防御工事，表明国家处于危急状态。

④ 江鸥，水鸟，不应当到宫殿里来，居然殿里能驯养江鸥，这是不正常的现象。

⑤ 野雉，也是不应当在宫里叫唤的鸟。这两句都是说大祸将到的征兆。

⑥ 湛卢，宝剑名。据古传说，楚昭王卧而得吴王湛卢剑。问风胡子，风胡子说："人君有逆理之谋，其剑即出，今吴王无道，故湛卢去国。"

⑦ 艅艎，《左传》作"余皇"，是春秋时吴王的座船，后被楚国俘获。这两句再用器物的典故形容梁朝败亡的征兆。

⑧ 被发，披散头发，指当时少数民族装束。伊川，今河南洛河流域地。《左传》说：周平王东迁，辛有到了伊川，见有人披发野祭，就说：这已经不是中原的礼俗了，不到一百年，这个地方就恐怕会变成戎狄了。后至襄王时（前637），秦晋果将陆浑之戎诱徙于洛川。这是说：梁武帝把侯景引进来，就种下了祸根。

⑨ 奸逆，指侯景。侯景本来是尔朱荣的部下；高欢与尔朱荣作战，又投了高欢。他取得了高欢的信任，就跋扈起来，后又背叛了高氏，南投梁朝。游魂，反复无常，变化多端之意。语出《易·系辞》："游魂为变。"放命，即方命，放弃教命，逆命之意，语出《书·尧典》："方命圮族。"

⑩ 鲸鲵（ní），比喻凶残之人。鲵是一种长约三四尺的两栖动物，古人指为雌鲸。

枭为獍[①]。负其牛羊之力，凶其水草之性[②]。非玉烛之能调[③]，岂璇玑之可正[④]！值天下之无为，尚有欲于羁縻[⑤]。饮其琉璃之酒[⑥]，赏其虎豹之皮[⑦]。见胡柯于大夏，识鸟卵于条枝[⑧]。豺牙宓厉[⑨]，虺毒潜吹[⑩]。轻九鼎而欲问[⑪]，闻三川而遂窥[⑫]。

---

① 枭獍（jìng），据说是吃自己父母的禽兽。这是说侯景无恶不作。

② 这是说侯景出于匈奴族。匈奴以牧牛羊为生，牛羊是以水草为食物的。

③ 玉烛，《尔雅·释天》："四气和谓之玉烛。"即风调雨顺的意思。这句说：即使国家太平，也不能感化这种人。

④ 璇（xuán）玑，观测天文的仪器，即浑天仪。《书·舜典》："在璇玑玉衡，以齐七政。"七政，指日、月、五星；这句意思说：璇玑所能窥测的范围，只是正常的星辰，侯景这样的人，好像出没无常的彗星，难以掌握调节。

⑤ 无为，指清静无事，天下太平。羁，马络；縻，牛缰。这是说侯景初投降的时候，梁朝还太平无事，想笼络他，利用他。

⑥ 琉璃，即"留犁"。《汉书·匈奴传》："金留犁挠酒。"应劭注："金，契金也；留犁，饭匕也；挠，和也。契金著酒中挠搅饮之。"这是汉和匈奴立盟时饮的酒，故用以比喻梁帝和侯景的关系。

⑦ 虎豹之皮，是北地的产品。这是指侯景是挟有实力来投降的，所以梁武帝非常高兴，加以封赏。

⑧ 大夏、条枝（即条支），都是汉时中亚细亚的国家。胡柯，一作"胡桐"，是外国的特产。鸟卵，指鸵鸟卵。这是说中国人看了这些东西，觉得新奇。比喻侯景初来，是一件动人听闻的事。

⑨ 宓，同"密"。宓厉，暗藏凶残。

⑩ 虺，见《芜城赋》注。潜吹，暗中散毒。

⑪ 九鼎，夏禹铸，为夏、商、周三代传国宝，周朝衰微，楚国有取而代之之意，曾经派人去询问鼎的轻重。后人因此以"问鼎"为垂涎王位的代用语。

⑫ 三川，指洛阳地带。洛水、伊水、黄河称为三川，为周都。这里指侯景有篡逆的阴谋。

始则王子召戎[1]，奸臣介胄[2]。既官政而离逷[3]，遂师言而泄漏[4]。望廷尉之逋囚[5]，反淮南之穷寇[6]。出狄泉之苍鸟[7]，起横江之困兽[8]。地则石鼓鸣山[9]，天则金精动宿[10]。北阙龙吟，东陵麟斗[11]。

---

① 王子，指临贺王正德。召戎，引入外寇。梁武帝原来没有儿，以正德为养子，后来生了昭明太子，正德被废了，因此怀怨，与侯景通谋，把侯景勾引进来。

② 介胄，即甲胄，掌兵权。梁朝并不知道正德与侯景的关系，还叫他带兵。

③ 逷，同“逖”（tì），疏远。正德虽然引了侯景进来，却仍被侯景卖了，没有做成皇帝。所以说疏远不给他职位。

④ 师言，多言，指事机不密。正德后悔，又秘密与外间通信，想恢复梁朝，不料事情泄漏，被侯景发觉，将他杀了。两句都是借用《左传》上的典故。

⑤ 廷尉，古代最高级司法机关。逋囚，逃犯；这里指侯景。晋时，苏峻谋不轨，帝诏书征峻，峻曰：“台下（指大臣）云我反；反，岂得活耶？我宁山头望廷尉，不能廷尉望山头。”遂反。这里将苏峻之反比侯景之反。

⑥ 穷寇，指侯景；他开始所占据的是淮南地区。他既得罪于高氏，不能北归，本是个穷寇，不料造起反来。

⑦ 狄泉，在河南洛阳东北。传说西晋永嘉年间，狄泉地方曾经出现两只鹅，一青一苍，苍色的飞去，是胡人得势的预兆。后来果有刘渊之乱。这里将刘渊比侯景。

⑧ 横江，在今安徽和县境。侯景曾被东魏击败于涡阳。指侯景本已无能为力，入梁才乘机而起。

⑨ 石鼓鸣，有兵事的预兆，事见《水经注》。

⑩ 金精，太白星，据说这个星有了非常的现象，也是有兵事的预兆。

⑪ 龙吟、麟斗，都是当时传说的怪事。庾信在这里着重指出大祸将要临头的意思。

尔乃桀黠横扇[①]，冯陵畿甸[②]。拥狼望于黄图，填卢山于赤县[③]。青袍如草，白马如练[④]。天子履端废朝[⑤]，单于长围高宴[⑥]。两观当戟，千门受箭[⑦]。白虹贯日，苍鹰击殿[⑧]。竟遭夏台之祸，终视尧城之变[⑨]。官守无奔问之人[⑩]，干戚非平戎之战[⑪]。

---

① 桀黠，不驯良而狡猾的人。横扇，煽动乱事。

② 冯，同“凭”，冯陵，蹂躏。畿甸，京城附近的地带。

③ 狼望、卢山，都是匈奴所据的地方。黄图，王朝建都所在。赤县，中原。这是说外族的侯景占据了中原。

④ 这里记述侯景作乱以前的童谣：“青丝白马寿阳来。”果然侯景是从寿阳起兵的。他的兵士所着服装正是梁朝所发给的青布。侯景自己也是骑的白马，以青丝作缰绳。草，形容青袍的颜色。练，丝绢，形容白马的颜色如同一匹白绢。

⑤ 履端，一年的开始。梁武帝被侯景围困，元旦不能临朝。

⑥ 单于，匈奴君主的称号，这里指侯景，他围住了建康的台城，自己在过年的时候却尽情取乐。

⑦ 观，城上的高台；古时，宫门置相对的两观，亦称阙。千门，汉朝的建章宫有千门万户，因此作宫殿的代称。这是说梁朝的宫城直接受到战事威胁。

⑧ 白虹贯日，传说荆轲刺秦王，聂政刺韩隗时，都有白虹贯日的天象。苍鹰击殿，传说要离刺庆忌，苍鹰扑入殿中。这是指有重要人物将要死亡的预兆。

⑨ 夏台，夏王桀被囚的地方。据古代一种传说，唐尧也是被虞舜囚起来的，被囚的地方名为尧城。这是指梁武帝被侯景囚死于台城事。

⑩ 官守，居官守职的人。官员遇到朝廷危急，应当赶来救援，但此时大家都袖手旁观。“奔问官守”是《左传》上的成语。

⑪ 干戚，指古时庙堂乐舞所用的是朱干玉戚。朱干，朱漆的盾牌。玉戚，玉做的战斧。戎，指侯景。这句说：干戚只是一种象征，而不能用来对外作战。指当时的兵将无能。

陶侃空争米船，顾荣虚摇羽扇[1]。

将军死绥[2]，路绝长围[3]。烽随星落[4]，书逐鸢飞[5]。遂乃韩分赵裂[6]，鼓卧旗折[7]。失群班马[8]，迷轮乱辙[9]。猛士婴城[10]，谋臣卷舌[11]。昆阳之战象走林[12]，常山之阵蛇奔穴[13]。五郡则兄

① 陶侃争米船、顾荣摇羽扇，都是东晋时代内战中讨平叛乱的故事，引用这些故事，加上"空""虚"字样，是说将帅们一筹莫展，不能像陶侃、顾荣之成功。

② 死绥，死于败军之中。

③ 长围，即重围。这是说：梁帝陷入侯景的重围，外援断绝。

④ 烽，古时军情紧急时，夜间举烽火求援。这里说：烽火不能上腾，反而随星散落，形容消息难通。

⑤ 这是指当时城中放出纸鸢，附带书信，向外告急。也被侯景发现射落。足见庾赋所记的是实事，与史书所载相合。

⑥ 韩分赵裂，比喻梁室在外的诸王，内部矛盾分裂，致被侯景打得七零八落。

⑦ 鼓卧旗折，打败仗的现象。

⑧ 这句说：马被冲散而失群。班，分离。

⑨ 这句说：车跑得乱了，轮子所辗过的辙迹也看不清了。这两句形容梁军败退，溃不成军之状。

⑩ 婴，围绕。婴城，闭城而守。这是说：虽有猛士，也只能据城而守，不敢出击。

⑪ 卷舌，不开口，无计可施。

⑫ 昆阳，今河南叶县。东汉光武帝在昆阳与王莽大军决战，王莽军中有战象助威。象走林，是说此时虽有象，也跑到树林里去了。

⑬ 常山之阵，见《孙子》，善用兵者如常山之蛇，击其首则尾至，击其尾则首至，击其中则首尾俱至。蛇奔穴，是说不能救应，只可逃到洞里去了。

弟相悲，三州则父子离别①。护军慷慨，忠能死节②。三世为将，终于此灭③。济阳忠壮④，身参末将⑤。兄弟三人，义声俱唱。主辱臣死⑥，名存身丧。狄人归元⑦，三军凄怆。尚书多算，守备是长⑧。云梯可拒，地道能防⑨。有齐将之闭壁⑩，无

---

① 五郡的人结为兄弟，三州的人约为父子。都是古代的故事。现在却兄弟父子都不能相聚了。据旧注，这里的五郡疑指湘东、邵陵、武陵、庐陵、南康；三州疑指荆州、益州、郢州；皆梁朝宗室分封之地。

② 护军，指韦粲。护军将军是韦粲战死后所追赠的官。韦粲统兵来援，没有来得及立营。就被侯景击败，一家的人都牺牲了。

③ 三世为将，古人认为累代为将，杀人必多，是不吉利的。韦粲的祖和父都是梁朝名将，至此一门殉难。这句起，列举战役中几个被牺牲的人，表扬他们的忠义。

④ 济阳，指济阳人江子一、子四、子五等兄弟三人，奋勇出战，为侯景所败，都受伤而死。

⑤ 末将，指江子一等并非主要军事长官。

⑥ 主忧臣辱，主辱臣死，是古代勉励臣下尽忠的话。

⑦ 元，头颅。“狄人归元”，出《左传》：春秋时晋国的大将先轸与狄人作战，阵亡，狄人敬其忠义，把他的头颅送还了。江子一的遗体也是由侯景送还的，所以用先轸这个典故，也是切合实事的。

⑧ 尚书，指羊侃，此时城中防务全靠羊侃主持，因此才能坚守。多算，足智多谋。

⑨ 这两句记述当时战事。据史书说：侯景造一种尖头的木驴，用来攻城，羊侃就造了雉尾炬，装上铁箭头，扔在木驴上，木驴就被烧毁了。侯景在城外起两座土山，俯视城中，羊侃也在山下挖起地道来应付。侯景又做十几丈高的楼车，向城中射击，羊侃预料经过城壕，必然倒坍，后来果然也不能如意。

⑩ 齐将闭壁，指战国时燕兵破齐，田单坚守即墨不肯投降的事，用来比喻羊侃的善于防御。闭壁，闭城。

燕师之卧墙[①]。大事去矣，人之云亡[②]！申子奋发[③]，勇气咆勃[④]。实总元戎，身先士卒[⑤]。胄落鱼门[⑥]，兵填马窟[⑦]。屡犯通中[⑧]，频遭刮骨[⑨]。功业夭枉，身名埋没[⑩]。

---

① 燕师卧墙，指后燕慕容垂病中筑城的事，羊侃不久病死了，是不能像燕师那样卧墙，终于不能成功。

② 人之云亡，指羊侃之死，他死后不久，台城即告陷落。云，语助辞。语出《诗经》。

③ 申子，柳仲礼的小名。

④ 咆勃，怒气填胸。

⑤ 元戎，统帅。柳仲礼被援军公推为大都督，在战役中身临前敌。

⑥ 鱼门，春秋邾国的城门。鲁僖公攻邾兵败，失去所戴的盔，被敌人悬在鱼门上。

⑦ 马窟，长城下有泉窟，可以饮马，古诗中有《饮马长城窟》的篇名。这句说：战败之后，残兵填塞在马窟中。按，韦粲阵亡的那一战役中，柳仲礼迅速赴援，与侯景在阵上冲突，矛头已经几乎刺中侯景，被侯景部下从后面斫去，受伤坠马，幸而被本军将校救起。这一场恶斗，决定了梁军失败的命运。

⑧ 通中，穿过体内的重伤。

⑨ 刮骨，用关羽的故事，关羽膀臂上受了箭伤，医生说要在骨头上刮去箭毒，关羽就伸出膀臂来，让医生动手术，流血满盆，一点也不怕痛。这是指柳仲礼伤势沉重。

⑩ 夭枉，半途而废，徒劳无功。柳仲礼虽然力战受伤，可是从此不敢再与侯景交锋，甚至还与他讲和，以后竟至丧失气节，向侯景投降，所以说功业夭枉，身败名裂。

或以隼翼鷃披，虎威狐假[①]。沾渍锋镝[②]，脂膏原野[③]。兵弱虏强，城孤气寡。闻鹤唳而心惊[④]，听胡笳而泪下[⑤]。拒神亭而亡戟[⑥]，临横江而弃马[⑦]。崩于钜鹿之沙[⑧]，碎于长平之瓦[⑨]。

于是桂林颠覆，长洲麋鹿[⑩]。溃溃沸腾[⑪]，茫茫墋黩[⑫]。天

---

① 隼（sǔn），小鹰。鷃（yàn），一种小鸟。以下泛叙其他次要的将领。总的说来，都是不中用的。或是像只小鸟，只披上鹰的翅膀，或是像狐狸借虎威，只能吓人。

② 渍，浸湿。镝（dí），箭头。这是说刀箭染了鲜血。

③ 脂膏，这里做动词用，是说脂膏涂遍了原野。

④ 鹤唳，鹤鸣。秦苻坚在淝水被晋军打败，仓皇逃命，听见鹤叫，都误认为追兵到来。这里指梁军的怯敌。

⑤ 这一句说军心涣散。用晋朝刘琨在晋阳被围，夜中吹起胡笳，敌军听了都下泪的故事。

⑥ 神亭亡戟，指三国时孙策在神亭地方与太史慈苦战，太史慈的戟被夺事。太史慈后降策。这句指梁将有的降敌。

⑦ 弃马，指孙策在横江与刘繇一战中受箭伤弃马而逃事。这句指梁将有的败逃。

⑧ 钜鹿，项羽与秦军曾在此决战，此地有商纣所置沙丘台。沙崩，形容军队的溃败。

⑨ 长平，战国时秦军与赵军大战的地方，战事最烈时，呼噪的声音使屋瓦为之震动。以上描述梁朝诸军纷纷惨败。

⑩ 桂林、长洲，都是吴国的苑囿。麋鹿，是说战后宫苑荒凉，成了野兽出没之处。

⑪ 溃溃，纷乱貌。

⑫ 墋黩（chěn dú），大昏地暗。

地离阻，神人惨酷。晋郑靡依[①]，鲁卫不睦[②]。竞动天关，争回地轴[③]。探雀鷇而未饱[④]，待熊蹯而讵熟[⑤]？乃有车侧郭门[⑥]，筋悬庙屋[⑦]。鬼同曹社之谋[⑧]，人有秦庭之哭[⑨]。

---

① 这一句，运化《左传》：“周之东迁，晋郑是依”一句。晋郑是周朝同姓之国。意思说：梁朝宗室诸王虽各据一方，拥有兵力，却没有一个可依靠。

② 鲁卫是兄弟之国，也是周朝同姓。这是指梁室诸王兄弟相争的事实。

③ 天关，天上的天象，地轴，地的轴心，这是说内部的纷乱达到天翻地覆的程度。

④ 鷇（gòu），初生的雏鸟。战国时，赵武灵王因内乱被围困，饥不择食，到树上掏鸟窠里的蛋来吃。

⑤ 蹯，兽脚掌。春秋时，楚成王被自己儿子逼死，成王请求吃一顿熊掌再死，意思是希望延挨时间或者有人来救。因为熊掌是难得煮烂的。梁武帝被侯景围困在台城，年已八十多岁，病到将死的时候，因为口苦，想喝一点蜜都没有，所以用这个典故来比喻。

⑥ 车，丧车。侧，草草掩埋，不殡于祖庙。春秋时崔杼杀了齐庄公，用极草率的仪式葬在北郭。这是指侯景杀了简文帝，用户扉为棺，埋于城北酒库事。

⑦ 这一句引战国时齐湣王被淖齿杀后，抽筋吊在庙屋梁上的故事，形容梁武帝和简文帝父子都被侯景所害。

⑧ 社，后土之神。因而作为国土、国家的象征。春秋时曹国有人梦见鬼在曹国的社宫里商量什么时候可以使曹国灭亡，果然不久曹国就亡了。

⑨ 秦庭之哭，即申包胥事，已见前注。这两句总结梁朝早有灭亡的先兆，果然不免灭亡；末句指自己负了向长江上游求援兵的使命。以上结束关于建康陷落的叙述。以下叙述自己西行踪迹。

尔乃假刻玺于关塞[1]，称使者之酬对[2]。逢鄂坂之讥嫌[3]，值彤门之征税[4]。乘白马而不前，策青骡而转碍[5]。吹落叶之扁舟，飘长风于上游[6]。彼锯牙而钩爪，又循江而习流[7]。排青龙之战舰[8]，斗飞燕之船楼。张辽临于赤壁[9]，王濬下于巴丘[10]。

---

① 假，凭借。假刻玺于关塞，一路上经过许多关口，靠印封证明自己的身份，才得放行。塞（sài），与下句“对”，同为“队”韵，从这里起，每换一韵，开头的两句都是押韵的，与一般的赋隔句押韵不同，这是音节上的变化。

② 称，相符。称使者之酬对，是说沿途逢盘诘，托言是奉使出国，酬对之词要和这种身份相符。

③ 鄂坂，即武昌。讥嫌，稽查嫌疑旅客。当是他亲历的实事。

④ 彤（ér）门，春秋时，宋国的彤班立了战功，赐他在一个城门口征税的权利，这个门就称为彤门。引用这个典故来说明沿途不仅对旅客留难，还有苛捐杂税。

⑤ 白马、青骡，都是神仙家的典故，这里说神物也难通过，形容交通的阻滞。

⑥ 这里说：乘坐小船，向上游而去。

⑦ 锯牙钩爪，以凶猛的禽兽比侯景的军队。侯军此时也训练了水师溯江而上，预备进攻长江上游。习流，操演水战。

⑧ 青龙与下飞燕皆战船名。

⑨ 张辽，三国时曹操手下的勇将。但史上并未说他曾在赤壁作战，庾赋中的典故有时是虚用的，不过举一个古时的名将作比而已。

⑩ 王濬，西晋时从西蜀统率水军伐吴的主帅。此时湘东王派了王僧辩率兵东下迎击侯景，赤壁、巴丘是岳州、武昌一带用兵的地方，王军必经之路，而且王僧辩大败侯军，正在巴陵。巴丘也就是巴陵。所以这两句虽是用典故，却又是实写。

乍风惊而射火，或箭重而回舟[①]。未辨声于黄盖[②]，已先沉于杜侯[③]。落帆黄鹤之浦，藏船鹦鹉之洲[④]。路已分于湘汉，星犹看于斗牛[⑤]。

若乃阴陵失路[⑥]，钓台斜趣[⑦]。望赤壁而沾衣[⑧]，舣乌江而

---

① 风惊射火、箭重回舟，都是描摹当时长江中水战的光景。侯军已经上驶到了巴陵，在这一战役中受了沉重打击。

② 黄盖，东吴将，在赤壁战役中受伤，没有人照顾，他勉力喊叫韩当，韩当听出他的声音，方才把他救活。是这一句的出典。

③ 杜侯，指杜畿，三国时，杜畿与诸葛诞试船落水，诸葛诞说：先救杜侯。但杜畿终于溺死。以上两句旧说谓系指侯景的部将，似乎不合。按上下文的语气，如果不是庾信自己说在混战中所受的惊险，就是说王僧辩部将中有的死在战争中。

④ 黄鹤，即黄鹄矶，与鹦鹉洲，都是武昌地名。古“鹄”“鹤”二字通用。落帆、藏船，当指自己一路上晓行夜宿，避开兵火的种种困难。

⑤ 斗牛，星名，按古代天文学中的分野，斗牛两星是属于吴地的星。这一联说：人虽到了湖北湖南接境的地方。回头看斗牛星，依然恋着吴地。

⑥ 阴陵，项羽垓下突围南奔途中迷失方向的地方。这句以下三联，旧注说似乎是指侯景。因为下文赤壁、乌江很像用曹操和项羽来比侯景。其实不然。按前后语气，这是再追记由金陵到荆州沿路一般景况，作为前一段着重写军事的补充。

⑦ 斜趣，不由正路而行。这两句中的地名，阴陵是虚用，借用项羽的故事，钓台是实用，并无典故，当时实在经过武昌。

⑧ 沾衣，形容落泪，词章家用到沾衣，不必露出“泪”字。

不渡[①]。雷池栅浦，鹊陵焚戍[②]。旅舍无烟，巢禽无树[③]。谓荆衡之杞梓[④]，庶江汉之可恃[⑤]。淮海维扬，三千余里[⑥]。过漂渚而寄食[⑦]，托芦中而渡水[⑧]。届于七泽，滨于十死[⑨]。嗟天保之未定[⑩]，见殷忧之方始[⑪]。本不达于危行[⑫]，又无情于禄

---

① 乌江，项羽死处。项羽到了乌江，有一只渡船可以过江，但他也不肯过江了。这当是庾信自己经过这些地方，想起古事而生感慨的话。

② 雷池、鹊陵，都在今安徽沿江岸。栅浦，在水边立栅，防止偷袭。焚戍，烧毁哨所。

③ 这里说：旅舍没有人烟，树木没有栖鸟。以上都是一路所见的凄凉景象。

④ 杞、梓，是有用的树木。荆山、衡山，都是产木材的地方。

⑤ 此时湘东王在江陵，是比较有实力的。庾信把希望寄托在他身上，意思说：以为他是个有用的人，坐镇江汉地方，可作保障。

⑥ 维扬，即扬州；系从《书·禹贡》“淮海维扬州”一语而来。古时的扬州包括今江苏、浙江、安徽等地。这句说：他从长江下游，走了三千多里，来到这里。

⑦ 漂，在水中漂洗丝絮。汉朝的韩信在穷困时，有一个漂絮的老妇人怜悯他，分些饭给他吃。庾信借这个故事，比喻自己路上的忍饥受饿。顾炎武指出“漂”字是“溧”字之误，以为用伍子胥在溧阳乞食的典故。

⑧ 这是用春秋时伍子胥从楚国逃到吴国，亏得一个渔翁叫他躲到芦苇之中，因而将他渡了过去的故事。比喻自己路上的风波危险。

⑨ 七泽，古代楚国地方有云梦等七泽。这里意思说：历尽千辛万苦，才到了这楚地。

⑩ 天保未定，天祸还没有停止，太平还没有希望。《诗·小雅·天保》有“天保定尔”句，这里反用。

⑪ 殷忧方始，是说不但不能乐观，还有更重大的忧患在后头。

⑫ 危行，本指正大的行为。《论语·宪问》：“邦有道，危言危行。”但此处指处乱世的方法。说自己本来不懂得怎样应付这种危乱的世代。

仕[①]。谬掌卫于中军，滥尸丞于御史[②]。

信生世等于龙门[③]，辞亲同于河洛[④]。奉立身之遗训，受成书之顾托[⑤]。昔三世而无惭[⑥]，今七叶而始落[⑦]。泣风雨于《梁山》[⑧]，惟枯鱼之衔索[⑨]。入欹斜之小径[⑩]，掩蓬藋之荒扉[⑪]。

---

① 这句说：也无意于做官。

② 谬，谬加赏拔。滥，滥竽充数。尸，尸位素餐。都是自谦才不胜任之词。湘东王做了皇帝（即梁元帝），庾信被任为御史中丞，后又任右卫将军。

③ 龙门，指司马迁，司马迁生于龙门地方，故称。庾信的父亲庾肩吾也在梁元帝手下做官，不久死了。庾信认为自己的身世很像司马迁，所以以下几句都以司马迁为比。

④ 辞亲，指送终。司马迁的父亲临死，司马迁赶了回来，在河洛之间见面。大约庾信也是到他父亲病榻前送终的。

⑤ 这里指司马迁的父亲临终时的遗言："予死，尔必为太史，勿忘吾所著论矣。且夫孝始于事亲，中于事君，终于立身。"庾信说他父亲有同样的遗训。

⑥ 三世，陈寔子纪，纪子群，三世都在汉魏两朝做官。陈寔做的是县长而享有高名，以后的子孙官越做越大，由长到卿，由卿到公，可是德行越来越不如了。所以人们说：公惭卿，卿惭长。这句说：祖先有德。

⑦ 七叶，七代。汉朝的金日磾家世最兴盛，七代都做大官。庾氏自庾滔至信，亦已历七代。这句说：到了自己，家世就衰败了。

⑧ 《梁山》，指曾子所作的琴曲《梁山操》，是想念父母的琴调。

⑨ 衔索，绳子串着嘴。"枯鱼衔索，几何不蠹？"是句古语，比喻父母的年龄，像一根绳索吊着的一尾枯鱼，很快就要朽坏。这是说遭父亲的丧事。

⑩ 欹斜，弯曲。

⑪ 蓬藋，蓬蒿、藜藋，泛指门边的野草。这两句指自己居丧不出，谢绝人事。

就汀洲之杜若[1]，待芦苇之单衣[2]。

于时西楚霸王，剑及繁阳[3]。鏖兵金匮，校战玉堂[4]。苍鹰赤雀[5]，铁轴牙樯[6]。沉白马而誓众[7]，负黄龙而渡江[8]。海潮迎舰，江萍送王[9]。戎车屯于石城[10]，戈船掩于淮泗[11]。诸侯则郑

---

① 汀，水边平地。杜若，香草名。这句套用《楚辞》"搴汀洲之杜若"一句。

② 芦苇之单衣，指三国时东吴诸葛恪被权臣所杀，以芦席裹身投葬事。这两句以屈原、诸葛恪自比，深恐遭谗得罪。

③ 西楚霸王，这里是指梁元帝。古时以江陵为南楚，吴为东楚，彭城（徐州）为西楚。项羽称西楚霸王。现在梁元帝是从西面向东进兵，所以借用西楚霸王以称之。繁阳，古代楚国的地名，见《左传》。这是说梁元帝出兵讨伐侯景。

④ 鏖（áo），恶斗。一本作麾（huī），指挥；似乎是对的。因为在接下来还只是说军容之壮盛，不涉及战事。金匮、玉堂，都是帝王典藏文物的地方。这是说皇帝亲自指挥军事，把皇宫变成司令部。

⑤ 苍鹰、赤雀，战船名。

⑥ 铁轴、牙樯，战船上的装备。

⑦ 沉白马，古时以白马作盟誓或祭祀的牺牲。这里指祭神誓师的仪式。

⑧ 负黄龙，传说夏禹南巡渡江，有黄龙负舟。这是形容讨伐侯景的军队是义师，有神物庇护。

⑨ 江萍送王，传说楚昭王渡江，江中有一个圆的东西触到他的船，大家都不认识，派人去问孔子；孔子说这是萍实，得到的可以做霸王。以上都是说梁元帝出兵的壮大军容。

⑩ 石城，指石头城，是组成建康都城的一部分。

⑪ 戈船，战船。左思《吴都赋》："戎车盈于石城，戈船掩于江湖。"庾信用这两句，稍微变换音节。将平声的江湖改为仄声的淮泗，使其更合于六朝末期的文体。这是说讨伐侯景的军队到了建康。

伯前驱[①]，盟主则荀罃暮至[②]。剖巢熏穴[③]，奔魑走魅[④]。埋长狄于驹门[⑤]，斩蚩尤于中冀[⑥]。燃腹为灯[⑦]，饮头为器[⑧]。直虹贯垒，长星属地[⑨]。昔之虎踞龙盘，加以黄旗紫气。莫不随狐兔而窟穴，与风尘而殄瘁[⑩]。

---

① 诸侯，泛指讨伐侯景的各路勤王兵马。春秋时楚国晋国经常召集诸侯，郑伯总是首先应召而来的。

② 盟主，指讨伐侯景的主力军。荀罃（yīng），春秋晋国的统帅。鲁襄公十一年，诸侯伐郑，齐宋等军先至，其暮，荀罃至于西郊。晋当时是盟主。这两句是说各路兵马与主力军会合。

③ 这一句将讨侯景的这一行动比作猎取禽兽。

④ 魑、魅，都是鬼怪，比作可憎恶的东西，这里指侯景军队。

⑤ 长狄，一种身材高大的狄族。春秋时鲁国与长狄作战，把被击毙的敌人埋在驹门地方。

⑥ 中冀，即涿鹿。传说黄帝杀蚩尤于中冀之野。

⑦ 燃腹为灯，董卓被杀以后，人们把他的尸体暴露在大街上，因为他的脂肪多，在肚腹里点起灯来。

⑧ 饮头为器，战国时赵襄子杀了智伯，把他的头颅漆成饮器。这都是比喻侯景被杀死以后的实际情况，王僧辩把他的双手截下来送给北齐，把头送到江陵，身体则送到建康，在大街上暴露三天，然后烧骨扬灰。以上结束了侯景。

⑨ 直虹，古时传说是祸事的征兆。长星，也是不祥的预示。

⑩ 这四句把这场大乱再作一次总述，并转入对兵劫后的建康的遥吊。文体虽是骈文，文气却是散文。凡此，都显出了庾赋的笔调活泼生动。意思是：金陵的地势从古有龙盘虎踞之称，黄旗紫气又是江南的昌盛气象；这样好的地势好的气象，毕竟都成了狐兔的窟穴，销亡于风尘。殄（tiǎn）瘁，残败萎枯貌。

西瞻博望，北临玄圃[1]。月榭风台，池平树古[2]。倚弓于玉女窗扉[3]，系马于凤皇楼柱[4]。仁寿之镜徒悬[5]，茂陵之书空聚[6]。

若夫立德立言[7]，谟明寅亮[8]；声超于系表[9]，道高于河上[10]；更不遇于浮丘[11]，遂无言于师旷[12]。以爱子而托人，知西陵而谁

---

① 博望、玄圃，太子（指简文帝）曾居住的地方。瞻、临，只是冥思遥想，并非亲临。

② 这里说：当时望月的榭，临风的台，现在池也填平了，树也长老了。

③ 玉女窗扉，刻有仙女的窗扇。这句说：宫廷里精巧的窗扇上现在军人来倚弓了。

④ 凤皇楼，古代传说中秦公主吹箫引凤的楼。这句说：华贵的建筑现在军人在柱上系马了。

⑤ 仁寿，晋朝的仁寿殿；殿前有大铜方镜。

⑥ 茂陵，汉武帝的墓园。武帝遗诏，以杂书卅卷置棺中为敛。这一联说：当日徒然把宝镜挂在殿前，把心爱的书藏在墓里。于今又在哪里呢？这些都是特别追悼简文帝的话。简文帝在武帝死后，做了一个短期的囚犯皇帝，终于被侯景迫害而死。庾信曾在简文帝左右任职，故倍觉伤感。下文更着重地写他的人品和遭遇。

⑦ 立德、立言、立功，古人认为是三不朽。语出《左传》。简文帝束手受制于人，当然谈不到立功。故庾信专就这两点来说。

⑧ 谟明，访问贤明的人。寅亮，敬重信实的人。四字出《书经》。

⑨ 系表，世俗以外。

⑩ 河上，指河上公，曾注《老子》。这两句是说简文帝有很高的声望，又能谈玄妙的道理。

⑪ 浮丘，古仙人名。周灵王的太子晋相传是登仙的，接他去的是浮丘子，这是说简文帝没有太子晋的福分。

⑫ 师旷，春秋晋国的盲乐师。据说，他见了太子晋，嘱咐他三年不要说话，没有等到三年，就死了。这是说简文帝的不幸。

望[1]？非无北阙之兵，犹有云台之仗[2]。

司徒之表里经纶[3]，狐偃之惟王实勤[4]。横雕戈而对霸主[5]，执金鼓而问贼臣[6]。平吴之功，壮于杜元凯[7]；王室是赖，深于温太真[8]。始则地名全节[9]，终则山称枉人[10]。南阳校书[11]，去之

---

① 这里引用曹操临死以所爱的小儿子托付几个大的儿子，又嘱咐儿子们要时常登铜雀台眺望自己的墓田这一典故。叙述简文帝临死，也把自己的幼子托付元帝事。

② 北阙、云台，都是汉朝宫城中屯兵储械的地方。南北朝时称兵器为“仗”。这是说：人心并不是归向侯景的，尽有可为。用这一联一面结束简文帝的悲惨命运，一面展开下面所说的抗敌各军的获得成功。

③ 司徒，指王僧辩。王僧辩在讨伐侯景的大战役中是首功，所以要特别表扬他，也要为了他的被害表示悲愤。表里经纶，指对内对外，都有谋略。

④ 狐偃，春秋时晋文公的谋臣，曾劝文公勤王。勤王，就是出兵援助周王室。这句意思说：王僧辩这番意图等于狐偃勤王的主张。

⑤ 雕戈，雕刻花纹的贵重军器。这是描写王僧辩全身军装朝见梁元帝。

⑥ 执金鼓，号令进军的表示；问，问罪，讨伐。贼臣，指侯景。

⑦ 平吴，指晋灭东吴。东吴建都也在建康，所以将讨平占领建康的侯景之役和平吴相比。这是说王僧辩功高于平吴的杜预。

⑧ 太真，温峤字。东晋时，晋室内乱，温峤效忠晋室；靠他的拥护，内乱才平息。这是说王僧辩援助王室之功高于温峤。

⑨ 全节，河南阌乡附近的一个地名。见《西征赋》注。

⑩ 枉人山，河南北部山名。据说，商纣枉杀比干就在此处。这是说王僧辩本来是尽忠的，结果受了冤屈。

⑪ 南阳校书，旧注说是指文种事，文种为越王勾践大夫，助越平吴，后越王赐文种死，文种叹曰：“南阳之宰，而为越王之禽。”这是指王僧辩有功被杀，与文种同。

已远；上蔡逐猎[1]，知之何晚？

镇北之负誉矜前[2]，风飙凛然[3]。水神遭箭，山灵见鞭[4]。是以蛰熊伤马[5]，浮蛟没船[6]。才子并命，俱非百年[7]。

中宗之夷凶靖乱[8]，大雪冤耻。去代邸而承基[9]，迁唐郊而

---

① 上蔡逐猎，见《西征赋》注。王僧辩也是父子同死的，所以引用李斯的故事作比。王僧辩被陈霸先暗算，陈霸先见梁室无人，就代梁自立为帝了。

② 镇北，指邵陵王纶，他也曾统兵讨侯景。负誉，有名望；矜前，有勇气。

③ 风飙凛然，满腔义愤，令人敬畏之状。

④ 这两句似乎是用秦始皇射蛟和鞭石的故事（鞭石事已见前注）。可能是指邵陵王的急躁易怒，意气太盛，因而遭人暗算。

⑤ 蛰熊伤马，据史书上说，邵陵王在钟山，乘马为伏熊所啮。蛰，藏伏。

⑥ 没船，邵陵王也曾经在江中翻过船。这两句都是实事。

⑦ 才子并命，指梁武帝的儿子们都自相猜忌，这是指邵陵王为元帝所误，以至于死。《左传》上说，高阳氏有才子八人，梁武帝亦有子八人，故以之作比。俱非百年，都不享长寿。

⑧ 中宗，晋元帝的庙号；梁元帝有中兴的希望，所以用晋元帝为比。夷凶，削平凶恶。

⑨ 代邸，指汉文帝，他先封代王，吕后死后，从代王邸继承皇位。比元帝从湘东王即位。

纂祀[1]。反旧章于司隶[2]，归余风于正始[3]。沉猜则方逞其欲[4]，藏疾则自矜于己[5]。天下之事没焉，诸侯之心摇矣。既而齐交北绝，秦患西起[6]。况背关而怀楚[7]，异端委而开吴[8]。驱绿林之

---

① 唐，指唐尧。传尧之兄挚为帝，封异母弟放勋为唐侯，后禅位于放勋，是为唐尧。元帝继简文帝即位，也是以弟继兄，故以之相比。

② 司隶，司隶校尉略称。汉光武帝起兵推翻王莽政权之初，自己做司隶校尉。反旧章，恢复以前的规章制度。

③ 正始，曹魏齐王曹芳的年号。其时，士大夫尚清谈。西晋末，王敦见卫玠后，叹曰："不图永嘉之中，复闻正始之音！"这两句是赞扬元帝恢复梁朝的规章制度和遗风旧俗。

④ 这句说：元帝的性情是深沉而猜忌的，做了皇帝，更是为所欲为。

⑤ 藏疾，《左传》上说"山薮藏疾"，比喻统治者的阴暗面。矜，自负。这句说：元帝有了缺点，还自以为是，不肯认错。

⑥ 这两句指战国时楚怀王事。楚怀王受了张仪的骗，把齐国得罪了，又导致秦国的侵略。当时梁朝的形势，和楚怀王时近似。高氏在旧齐国地方称东魏，宇文氏在旧秦国地方称西魏；梁元帝既没有把东魏联络好，又得罪了西魏。终于引起了西魏的入侵。

⑦ 背关，离开关中；怀楚，留恋楚地。项羽入关灭秦以后，又舍不得自己的故乡，就离开了关中，这是他失败的原因之一。梁元帝也是舍不得离开他的江陵根据地，不肯到建康去，正和项羽一样失策。

⑧ 端委，古代礼服。这里指礼让。吴国祖先太伯是因为让兄弟嗣位才由周远赴吴国开创基业的。这句说：梁元帝不如太伯。太伯让国于兄弟，而元帝与兄弟争国。

散卒[1]，拒骊山之叛徒[2]。营军梁溠[3]，蒐乘巴渝[4]。问诸淫昏之鬼[5]，求诸厌劾之符[6]。荆门遭廪延之戮[7]，夏口滥逵泉之诛[8]。蔑因亲以教爱[9]，忍和乐于弯弧[10]。既无谋于肉食[11]，非所望

① 绿林，在湖北当阳。西汉末年王凤等起兵讨王莽，聚集于该地，号为“绿林”。

② 骊山之叛徒，本指秦末起义军，这里借来指武陵王纪从西蜀起兵，反对元帝；元帝就仓卒用些乌合之众（即上句所指的绿林散卒）来应付。

③ 营军，用兵，出战。梁，造桥。溠（zhā），水名，湖北随县发源，流入涢水。《左传》上说：“除道梁溠，营军临随。”指楚国伐随国事。这里用以比元帝攻武陵王纪。

④ 蒐（sōu），检阅；乘（shèng），兵车。巴渝，现在四川东部地方。这是说元帝派兵阻止武陵王东下。

⑤ 淫昏之鬼，指妖妄的巫师及其所假托的神灵。《左传》有“用诸淫昏之鬼”一语。庾信改“用”为“问”，就切合当时实事了；因为元帝在这时总是求神问卜，而所信任的陆法和就是一个巫师。

⑥ 厌，同“压”。厌劾之符，是一种旁门左道的符咒。

⑦ 廪延之戮，《左传》载郑庄公的兄弟太叔段占了廪延，后来形成冲突，败在庄公手里。现在武陵王在荆门也遭遇同样的运命，也是兄弟间互夺权位，和郑庄公事相似。

⑧ 逵泉之诛，鲁国的成季用毒酒害死其兄僖叔于逵泉，也是《左传》上的事。现在元帝也滥用这种手段，在夏口逼害其兄邵陵王纶。

⑨ 因亲教爱，是《孝经》上的话。这句说：元帝不能以亲爱的精神，教导弟兄和睦相处。

⑩ 弯弧，弯弓。《孟子》上说：“其兄弯弓而射之。”这句说：对兄弟毫无和乐之意，而忍心以弯弓相向。

⑪ 肉食，指高官厚爵，衣锦食肉的人。《左传》上说：“肉食者鄙，未能远谋。”这里指元帝及其臣僚没有远见。

于《论都》[①]。未深思于五难[②]，先自擅于三端[③]。登阳城而避险，卧砥柱而求安[④]。既言多于忌刻，实志勇而刑残。但坐观于时变，本无情于急难[⑤]。地惟黑子，城犹弹丸[⑥]。其怨则黩，其盟则寒[⑦]。岂冤禽之能塞海[⑧]？非愚叟之可移山[⑨]。况以沴气

---

① 《论都》，指东汉杜笃所作《论都赋》，是谏迁都之事的。这句说：元帝本来缺乏见识，舍不得离开江陵，群臣也无进言迁回建康的远谋，以致自取灭亡。

② 五难，《左传》有"取国有五难"之说，即（一）有宠无人（指得贤人之难）；（二）有人无主（指得同谋者之难）；（三）有主无谋（指计谋之难）；（四）有谋而无民（指得民心之难）；（五）有民而无德。这句说：元帝全不深深体会这些为君之难。

③ 三端，指文士笔端、勇士锋端、辩士舌端，古人以为贤者所应避。元帝是个多才多艺的人，诗书画都擅长，时人称为三绝。他与武陵王书，却引以为自得。三端，或作"二端"，当误。

④ 阳城、砥柱，都是古代认为奇险的地方，比喻元帝处境艰难已极，还自以为无忧。

⑤ 这四句说：元帝所说的都是猜忌刻薄的话，表面上虽有大志，内心却很残忍。当出兵讨侯景的时候，实在是坐观成败，并没有意思救兄弟的患难。刑，通"形"，实质，本心。急难，急人之难。急，作动词"解救"解。

⑥ 黑子、弹丸，形容极小。此时元帝统辖的范围早已不是从前梁朝的疆域，很多地方陷于敌国，远处也纷纷自立，不听号令。

⑦ 黩（dú），污浊。寒盟，背盟。这两句说：本来有仇的，更加深了，本来是同盟的，也翻背了。

⑧ 冤禽塞海，即精卫填海。精卫是小鸟，实际上填不平海。这是说局势无可挽回，自己无能为力。

⑨ 愚叟，即愚公。愚公移山本为有志者事竟成的寓言，但此处只取其"艰难"之意，喻梁朝局势难救。

朝浮[①]，妖精夜陨[②]。赤鸟则三朝夹日[③]，苍云则七重围轸[④]。亡吴之岁既穷[⑤]，入郢之年斯尽[⑥]。

周含郑怒[⑦]，楚结秦冤[⑧]。有南风之不竞[⑨]，值西邻之责言[⑩]。俄而梯冲乱舞[⑪]，冀马云屯[⑫]。俴秦车于畅毂[⑬]，沓汉鼓于雷门[⑭]。

---

① 沴（lì），灾害。

② 妖精，妖星。

③ 赤鸟，一本作赤乌。春秋鲁哀公六年，楚国看见日旁有云，好像一群赤色的鸟。夹日而飞，凡三日。

④ 轸，星名，属楚分野。苍云围绕轸宿七重，也是传说中关于楚国的事。以上都是古代认为不祥的征兆。庾信特别运用楚国的故事来叙说江陵将亡的情况。

⑤ 亡吴，指春秋时越灭吴的事。

⑥ 入郢，指春秋时吴侵楚的事，那时楚国都城在郢，正是此时的江陵。亡吴之岁、入郢之年都有人预言过。以上是说江陵灭亡之祸是无可逃的。

⑦ 这一句用春秋时周郑交恶事，比喻元帝和岳阳王詧之间的自相残杀。

⑧ 楚结秦冤，用战国时楚怀王和秦国结仇的事，比喻西魏派于谨进攻江陵。

⑨ 南风之不竞，指梁势已衰。春秋时晋、楚战事，晋乐师师旷预言道："南风不竞，多死声。楚必无功。"此以楚比梁。

⑩ 西邻，此指西魏。西邻责言，是春秋时秦、晋战事中的话。用以比喻西魏兴师问罪。

⑪ 梯冲，攻城所用的云梯和冲车。

⑫ 冀马，冀州是产良马的地区。云屯，形容结集战马之多。

⑬ 这一句描写西魏兵车的轻捷。《诗·秦风·小戎》中有一句："小戎俴收。"收，车阑；俴，浅。又有一句："文茵畅毂。"畅，长；毂，车轮的中心。庾信把这两句诗熔成了一句。

⑭ 雷门，汉朝悬有大鼓的城门。沓，形容鼓声。

下陈仓而连弩[①]，渡临晋而横船[②]。

虽复楚有七泽，人称三户[③]；箭不丽于六麋[④]，雷无惊于九虎[⑤]。辞洞庭兮落木，去涔阳兮极浦[⑥]。炽火兮焚旗，贞风兮害蛊[⑦]。乃使玉轴扬灰[⑧]，龙文折柱[⑨]。下江余城，长林故营[⑩]。

---

① 陈仓，今陕西宝鸡。陈仓连弩是蜀汉诸葛亮伐魏的故事。

② 临晋，即大庆关，在今陕西朝邑。临晋横船，是汉初韩信伐魏的故事。以上是说元帝措置失当，招来西魏的入侵，军势浩大，难于抵御。

③ 三户，战国时楚人的豪语："楚虽三户，亡秦必楚。"是说楚国终不会灭亡，即使人口少到三户，也能灭秦。

④ 丽，附着，射中。春秋时晋楚交兵中，有人发现六只大鹿，被射中了一只。

⑤ 九虎，王莽时将军的称号。借这种称号表示威武如同雷霆一般。这都是说元帝虽有地有人，军事终于不利。

⑥ 这两句用《楚辞》"洞庭波兮木叶下"和"望涔阳兮极浦"，形容一片凄惨。

⑦ 炽火焚旗、贞风害蛊，都是《易经》中的卦象。据旧说，炽火焚旗，是出军不利之兆；贞风害蛊，是君主被擒之兆。这里用来形容元帝的惨败和出降。

⑧ 玉轴，指书籍；古时的书都是装成卷子，讲究的用玉作轴。

⑨ 龙文，指宝剑。元帝被围危急，将所藏的珍贵图书十四万卷都自己放火烧了，又拔出剑来在柱上砍断了。这两句是实事。

⑩ 下江、长林，都属武宁郡，武宁北接襄阳，是梁、魏兵争之地，承圣三年，魏攻梁，先攻襄阳，后下武宁，长驱至江陵，元帝急召王琳来救，兵到，江陵已陷。

徒思拑马之秣[1]，未见烧牛之兵[2]。章曼支以毂走[3]，宫之奇以族行[4]。河无冰而马渡[5]，关未晓而鸡鸣[6]。忠臣解骨，君子吞声[7]。章华望祭之所[8]，云梦伪游之地[9]；荒谷缢于莫敖，冶父囚于群帅[10]。

---

① 拑，同“钳”，用一根木条塞住马口。秣，马料。《公羊传》上记被围的人用这个法子，节省饲料。

② 烧牛之兵，指战国时齐田单用火牛阵破燕兵。这是说可惜围城之中没有人发挥这种智谋。

③ 章曼支，战国时仇犹国人，预料自己的国家不保，就连忙离开本国，车毂坏了也不顾。

④ 宫之奇，春秋时虞臣，谏虞公不听，知虞将被晋灭，带着全族的人走了。以上是说梁朝臣子在危急时纷纷逃难而去。

⑤ 河，指滹沱河。汉光武帝到蓟，后有追兵，经滹沱河，刚逢河面结冰，才过去几个人，冰就化了。

⑥ 关，指函谷关。战国时孟尝君逃出秦国，连夜至函谷关，关非鸡鸣不开，孟尝君手下的人会学鸡叫，鸡听见了，也都叫了起来，才得逃脱。以上是说逃难的人仓皇冒险。

⑦ 解骨、吞声，悲痛含恨貌。

⑧ 章华，是楚国的一座宫。望祭，祭祀山川。

⑨ 伪游，汉高祖伪游云梦，诱执韩信。这些地方正是此时遭逢兵祸的所在。

⑩ 莫敖，官名，指楚屈瑕。荒谷、冶父，都是地名。春秋时楚国战败，莫敖缢于荒谷，群帅囚于冶父。见《左传》。庾信把两句颠倒一下，表示变化。

硎谷折拉[1]，鹰鹯批揁[2]。冤霜夏零[3]，愤泉秋沸[4]。城崩杞妇之哭[5]，竹染湘妃之泪[6]。

水毒秦泾[7]，山高赵陉[8]。十里五里，长亭短亭[9]。饥随蛰燕[10]，暗逐流萤[11]。秦中水黑，关上泥青[12]。于时瓦解冰泮，风

① 硎谷，秦始皇坑儒的地方。一作“硎阱”。折拉，敲打。

② 鹰鹯（zhān），猛鸟，喻嗜杀之人。批揁（fèi），扑击。这是说俘虏们的被虐待。

③ 冤霜夏零，邹衍忠心而遭燕惠王拘捕，仰天而哭，夏日降霜。这是指人民无辜遭难。

④ 愤泉秋沸，东汉耿恭守边，匈奴绝其水道，一军陷于窘境，七月水涸，地上忽涌出泉水。这里只是指人民在危城中的困苦。

⑤ 杞妇，杞梁殖妻，传说中杞梁殖之妻在城下哭夫，城墙被哭得崩坍了。

⑥ 湘妃，指舜的二妃，传说舜南巡，在道上死去，他的二妃痛哭流泪落在竹上，成了泪斑，所以现在有斑的竹子称为湘妃竹。

⑦ 泾，指泾河，春秋时秦人曾在泾水上游放毒，以阻止晋军。

⑧ 陉，指井陉，赵国的井陉是著名险要的地方。

⑨ 长亭短亭，古时沿路有亭，供行人食宿休息。十里一长亭，五里一短亭。

⑩ 随，搜捕。晋朝荒乱的时候，饥民以蛰燕充食。

⑪ 逐，追踪。东汉末年，少帝辨和皇子协（即献帝）被宦官们劫持出宫，不识路径，随着萤火的微光前行。

⑫ 水黑、泥青，指黑水和青泥关，均关中地。此因押韵而倒置。以上四联描写被俘入关的人长途跋涉的痛苦。

飞电散[1]。浑然千里，淄渑一乱[2]。雪暗如沙，冰横似岸[3]。逢赴洛之陆机[4]，见离家之王粲[5]。莫不闻陇水而掩泣，向关山而长叹[6]。

况复君在交河，妾在清波[7]；石望夫而逾远[8]，山望子而逾多[9]。才人之忆代郡，公主之去清河[10]。栩阳亭有离别之赋，临江王有愁思之歌[11]。别有飘飖武威，羁旅金微[12]。班超生而望返[13]，

---

① 这两句形容国破家亡，一切崩溃。

② 淄、渑，齐国的两条水名，水味不同。淄渑一乱，指不分贵贱贤愚，一同遭难。

③ 这两句形容西北气候的寒冷。西魏陷江陵献俘长安，正在冬天十二月。

④ 陆机，本吴人，吴亡入晋的都城洛阳。

⑤ 王粲，曾在荆州作客。这是作者指在长安见到被俘的文士。

⑥ 这是说南方人走到这里都不能不痛哭。语本古诗《陇头歌》："陇头流水，鸣声呜咽，遥望秦川，肝肠断绝。"

⑦ 交河，古城，在今新疆吐鲁番。清波，楚地，在河南新蔡附近。这以下是说被俘的人室家分散。一去一留，生离死别。

⑧ "望夫石"，武昌有石峰像人形，传说是妇人望夫而死化为石。

⑨ "望子山"，汉武帝有思子台，中山有韩夫人望子陵。

⑩ 才人，宫女；楚、汉交兵时，赵王武臣将代郡的宫女许配厮养卒。清河，指晋清河公主，她遇乱为人掠卖。这是指流民在兵乱中随便婚配。

⑪ 《栩阳赋》《临江歌》，《汉书·艺文志》著录，现在失传。庾信借用来说夫妻子女之间无数悲欢离合可歌可泣的事。

⑫ 武威，今甘肃武威，古时为匈奴居地。金微，山名，在漠北。

⑬ 班超生而望返，班超在西域多年。上疏乞归，有"但愿生入玉门关"之句。

温序死而思归[①]。李陵之双凫永去，苏武之一雁空飞[②]。

若江陵之中否，乃金陵之祸始[③]。虽借人之外力，实萧墙之内起[④]。拨乱之主忽焉[⑤]，中兴之宗不祀[⑥]。伯兮叔兮，同见戮于犹子[⑦]。荆山鹊飞而玉碎[⑧]，随岸蛇生而珠死[⑨]。鬼火乱于平林，殇魂游于新市[⑩]。

---

① 温序，东汉初为将战败，被擒自杀，托梦给他的儿子，想归葬乡里。

② 李陵、苏武，两人都在匈奴，苏武能回到汉，而李陵不能。作者奉使西魏被留，国亡无所归，故以班超、李陵、苏武等远使匈奴的人相比。

③ 否（pǐ），命运不佳。江陵本有中兴的希望，不料中途起了这一波折。一波未平，一波又起，金陵也不能保了。金陵之祸，指江陵失陷后次年，陈霸先立元帝子于建康，不久又篡位自立，梁遂亡一事。

④ 萧墙，屏门。比喻家门内的事。出《论语》。这是指元帝死后，梁王詧借西魏之力自立为帝；梁贞明侯渊明也借北齐之力，入建康即位；以后陈霸先又废渊明立元帝子方智这一连串争帝之事。虽然借外力，实则是内争。

⑤ 拨乱，削平祸乱。拨乱之主，指元帝。忽焉，迅疾而短暂地消灭了。

⑥ 中兴之宗，亦指元帝；不祀，香火断绝。元帝死后，诸子先后死灭，宗嗣遂绝。这是说元帝的结局。

⑦ 犹子，侄子，萧詧是元帝的侄子，元帝的儿子们都被萧詧害了。“叔兮伯兮”是《诗经》上的成语，也就是大大小小的兄弟们。

⑧ 荆山，指荆山所产的美玉。以玉来打鹊，喻以小失大，不合算的。这是古时的寓言，见《盐铁论》。意思说：鹊没有打着，玉倒粉碎了。玉碎，指子孙亡灭，江山失掉。

⑨ 这一句用随国有蛇衔珠报随侯的恩的故事，而改换其意：蛇固然活了，珠却死了。比喻许多殉国忠臣，冤枉送了性命。于国事仍无补益。

⑩ 鬼火，磷光。殇魂，战死者的英魂。平林、新市，都是荆州的地名。这里说：充满了死于乱兵的人和阵亡将士，没有人收拾埋葬。

梁故丰徙[1]，楚实秦亡[2]；不有所废，其何以昌[3]？有妫之后，将育于姜[4]。输我神器[5]，居为让王[6]。

天地之大德曰生，圣人之大宝曰位[7]；用无赖之子弟，举江东而全弃[8]。惜天下之一家，遭东南之反气[9]。以鹑首而赐秦，天何为而此醉[10]！

---

① 梁故丰徙，战国时的魏国迁都于大梁，称梁。后来秦灭魏，又迁大梁于丰。梁与战国时梁国号同，故相比。

② 楚，指梁；秦，指魏。战国时的楚国是被秦灭的。这是说古来本有这事。此时又重演了。

③ 这里意思说：此时北方兴起来的是周，南方兴起来的是陈。如果梁不亡，它们又怎么兴起来呢？语本《左传》。意思是旧的不去，新的从何而生？

④ 有妫，陈姓的祖先。这是指陈霸先建立的王朝。这里也是《左传》上的成语。春秋末期陈氏掌握齐国的政权，因而夺取了齐国。齐国是姓姜的。这里用来比喻陈霸先从梁朝手里得了皇位。

⑤ 输，送掉。神器，指统治权。

⑥ 让王，出《庄子》，是让位而不居的帝王。这是说梁元帝剩下的一个儿子敬帝，本是陈霸先所拥立，不久敬帝就让位给陈霸先了。

⑦ 这两句是《易经·系辞》上的成语，还是替梁朝惋惜，意思是皇位不应当随便抛弃。

⑧ 江东，江南。这句说：用年轻无识的人，把江南的地方完全送掉，这是总述梁武帝以来的话。

⑨ 这两句意思说：天下本来是一家，可惜东南有了反气，被破坏了。这是借用汉高祖的话。汉高祖对吴王濞说：预言说五十年后东南有反气，莫非是你吗？

⑩ 鹑首，星名，即井宿，为秦的分野。传说天帝喝醉了，把属于鹑首的地方剪下给了秦穆公。这是说天意要帮助灭梁的人。

且夫天道回旋，生民预焉[①]。余烈祖于西晋，始流播于东川[②]。洎余身而七叶[③]，又遭时而北迁。提挈老幼[④]，关河累年。死生契阔[⑤]，不可问天。况复零落将尽，灵光岿然[⑥]！

日穷于纪[⑦]，岁将复始。逼迫危虑[⑧]，端忧暮齿[⑨]。践长乐之神皋[⑩]，望宣平之贵里[⑪]。渭水贯于天门，骊山回于地市[⑫]。幕府大将军之爱客，丞相平津侯之待士[⑬]。见钟鼎于金张，闻

---

① 这里说：人事随着天道，总有变迁。

② 烈祖，指八世祖滔。这句再追述自己祖先在西晋时由北迁南。

③ 洎（jì），到。

④ 这里说他全家羁留周地，庾信家属是被俘到长安的，以后被释放团聚。庾信的母亲大约还在，故称“老幼”。

⑤ 契阔，艰苦。“死生契阔”，为《诗·邶风·击鼓》句。

⑥ 灵光，汉鲁国殿名。岿（kuī）然，高峻兀立貌。汉末古建筑都被破坏了，只有鲁灵光殿依然存在。这是比喻别人都渐渐死去，只剩自己一身。

⑦ 日穷于纪，十二月将尽，大约作此赋时在年底。

⑧ 逼迫危虑，指自己处境的困难。

⑨ 端忧，见《月赋》注。

⑩ 长乐，长安宫名。神皋，天府，指皇宫。

⑪ 宣平，长安的城门名。以下是说自己留在长安，耳闻目见，另是一番繁盛景象。

⑫ 这一联形容长安的壮丽繁荣。用渭水来摹仿天河，在骊山作地下的店市，都是秦始皇的事。

⑬ 这一联说：周室当朝的将相待自己很敬重。平津侯，汉武帝时丞相公孙弘的爵号，这里指北周丞相宇文护。

弦歌于许史[①]。岂知灞陵夜猎，犹是故时将军[②]；咸阳布衣，非独思归王子[③]！

（选自《汉魏六朝赋选》，瞿蜕园选注）

① 金、张、许、史，都是西汉时长安最著名的贵族。这是说自己和北周贵族交游。

② 故时将军，指李广。李广在灞陵夜猎时，随从的人称他为故李将军，被灞陵尉侮辱。这是说有谁知道自己过去的历史。

③ 咸阳布衣，战国时，有人说楚国太子留在秦国，不过是咸阳市中一个平民而已。此时梁朝的王子也有在长安的，所以说思归的不只他们。以上一联点明目前自己的处境，并且回顾前文所述的一生经历，以作总结。说明这篇文章等于一篇有韵的自传。

九 《滕王阁序》

用深刻的手段、自然的华藻来描写景物，而不偏重于铺叙，这是郦道元、鲍照诸人开辟的境界。前文已经充分介绍过了。他们的形式，虽然后来成了绝响，然而散文家如柳宗元之流，颇能采取他们的精神，应用在散文里面，以成短篇游记。因为形式的解放，更具一种峭厉绵远的风味，这便是他们的特长。

但是在初唐骈文格式成了定型的时代，郦鲍两家疏简凝重的风规，都不能适用。于是记游之作，也随其他文学而趋于绵丽高华的一路。王勃的《滕王阁序》，便是这时代的一篇最好的代表作品。

《滕王阁序》，在古代文学故事中，相传是有神助的。[①]

① 据说勃往广州省亲，过马当，宿于上元殿。其夜梦神告曰："明日当有神风助显文名。"次日登舟，果然遇迅风，自马当至洪都（南昌）四百余里，一日而到，恰遇这作《滕王阁序》的机会。所以有时来风送滕王阁的话头。这事见于《芸窗琐录》。

细读这篇文字，的确能显出一种纯任自然、一气奔放的境界。令人仿佛想见这位少年公子，援笔而成，旁若无人的情景。这一种的文学作品，的确是纯粹天才的表现，而且是一种神来的遇合，不是第二个人在第二个机会所能摹仿得出的。后人赞美《滕王阁序》的不知若干，但是知道这篇文字的好处者甚多，而说得出它的好处者却甚少。它的好处，绝不是枝枝节节的。许多人恭维他的“落霞与孤鹜齐飞，秋水共长天一色”两句，其实这种句子本来有人作过，何以庾信的“杨柳共春旗一色”（《马射赋》）没有这么多人恭维呢？讲到写景的工妙，不是一样吗？

《唐摭言》上说勃过洪州（南昌）的时候，都督阎公因为有个爱婿能文，特为叫他预先作好一篇序，次日宴客，请客为文，客必不肯，便由他这位姑爷出来作给大家看，卖弄本领。谁知勃在宴会中并不推辞，阎大为拂意，叫人在他背后，每作一句便报一句。报到“落霞孤鹜”一联，便道：“此天才也。”满座宾客，无不叹服。据说勃那时只有十四岁，所以他自称“童子何知”。照他本传看来，恐怕不止十四，但是年纪总不大罢了。我们默揣当日的情景，一个十来岁的孩子，从远处旅行，刚刚到下，被人家捧到如此一个宾客满堂的盛会之中，左右前后，都是些名公巨卿，堂前排列着吹弹歌唱的妓女，阶下陈列着戈戟如林的兵卫，纸铺好了，墨磨浓了，笔蘸饱了，众目睽睽，立刻就要看他交卷。在这种环境之中，要以结构见长，是不行的，要以思想出奇，也是不行的。所以他一坐下来，便打定主意，只是就其时其地其际会平平说去，想到哪里说到哪里，想完了也说完了。我们从头读一遍，便觉得他一气贯注，目无旁瞬，仿佛跟着他一边写一边想似的。当中的确没有停下来改两个字的机会，更没有走下来喝两口茶的机会。所以这种文章，绝不会有照样的第二篇。

固然一个人有一个人的作风，一篇文章更有一篇文章构成的要素，这两点合起来方才成一个文学家的杰作。《哀江南赋》是沉郁之中写出来的，《滕王阁序》是急遽之中写出来的。沉郁所以缠绵而往复，急遽所以奔放而自然。庾信的作风本来缠绵，所以《哀江南赋》作于沉郁之中，格外作得好。王勃的作风本来奔放，所以《滕王阁序》作于急遽之中，也格外作得好。所以我们欣赏一篇美文，不独须了解当其作文时的一种环境，而且读这篇文章的时候，也要照作文章时之情景来读，方能彻底领略。读《哀江南赋》应该缓缓地读，读《滕王阁序》应该匆匆地读。

陆机说："或操觚以率尔，或含豪而邈然。"这就是说文章有由于急遽而成的，有缓缓锻炼而出的。好的一样都可以好，不好的快慢都还是不好。刘勰又说："马工枚速。"这是文学家的姿性的不同，有宜于缓作的，有宜于急作的。王勃的文章流丽，是由于精熟的训练，固不必说。其天才异常敏捷，也是一个重要的成因。敏捷的天才，本来不算很难得，所可异者，他的敏捷，不仅是词令上的敏捷，而且是气机上的敏捷，所以文章不露杂乱牵强的痕迹。在诗人里面，只有李白可以同他比拟。

讲到《滕王阁序》的形式色泽，这是另一问题。当时的作风，都倾向于采用流丽的句法，以装点成高华的气象。六朝的疏简凝重之美，不免牺牲。然而时代影响，有不得不如此的。在初唐四海承平之际，这人籁的节奏，不由得不趋于雍容华贵的一派。宋朝极盛的时候，有杨亿一派的骈文，晏殊一派的词；元朝极盛时代，有虞集一派的散文，揭傒斯一派的诗；明朝极盛时代，有宋濂一派的散文；清朝极盛时代，有王士禛一派的诗，都是所谓盛世之音。它的色泽秾缛，它的音节春容，它的骨干清正，它的韵味绵远，它的气象高华，这几点便是当时作风的特点。

有人说太平时代文学作风所以趋于这一路，是因为馆阁应制体的关系，其实不尽然。要知道政治制度的力量，几于完全不能影响到文学作风。试看北周时候，政府用强制方法，改革当时应用文，以从苏氏《大诰》的文体。然而北周的文学作品，有几件是那样而流传至今的呢？明、清两朝以制义取士，又试问两朝的第一流文学作品，何曾有多少受制义的影响呢（应用文诚然不免受一点影响，这是另一问题）？不但政治制度不见得能影响文学，文学倒许有时能影响政治制度。总而言之，王勃一派的文学，只能说受当时政治环境的改变，而绝不受政治制度的强迫。

王勃一流人的作风，维持不少的时候，一直到了曾经安史之乱的王维，还看出他的痕迹。王维的《送秘书晁监还日本国》诗《序》道：[①]

琅邪台上，回望龙门，碣石馆前，夐然鸟逝。鲸鱼喷浪，则万里倒回；鹢首乘云，则八风却走。扶桑若荠，郁岛如萍。沃白日而簸三山，浮苍天而吞九域。黄雀之风动地，黑蜃之气成云。淼不知其所之，何相思之可寄。嘻！去帝乡之故旧，谒本朝之君臣。咏七子之诗，佩两国之印。恢我王度，谕彼蕃臣。三寸犹存，乐毅辞燕而未老。十年在外，信陵

① 晁监即阿部仲麻吕。仲麻吕留学来唐，因入仕至秘书监，改姓名为晁衡。其归国也，遭飓风漂至安南，再仕于唐而卒。

归魏以逾尊。

王维被人认作纯粹的诗人，除诗以外没人读。这篇文章尤其没人注意。我特为寻出来，以证明初唐至盛唐的骈文，都有这种典赡高华的风度，俨然如见唐人巾带雍容的神情。其中与王勃最相似的就是“十年去国，信陵归魏以逾尊”一联，与《滕王阁序》“杨意不逢，抚凌云而自惜”，同样有绵远的神韵咧。

与王勃同时齐名，有杨炯、卢照邻、骆宾王等四人，所谓“初唐四杰”。我因为王勃是总代表，而《滕王阁序》尤其是代表之代表，便将其余三位冷淡了。三位之中，最为世人所不能忘的，是骆宾王，因为他替徐敬业作《讨武氏檄》的缘故。但是这篇文章并不怎样好。

这四位先生也有一种短处，就是他们的形式太一律了，而又没有意义蕴含于中，徒然拿一类的体面字眼，装在一种格调之中，久看了实在令人生厌。这不独我们觉得如此，连唐朝人自己也都极不满意，尤其在中唐以后，更无人再开倒车捧这过时的人物了。

杜甫的诗说：

王杨卢骆当时体，轻薄为文哂未休。尔曹身与名俱灭，不废江河万古流。

这是有感于当时一班人随声附和打死老虎的一种不平鸣。杜老深知文学是时代的产物，一个时代有一个时代的文学，不能因这个时代不适用而追加否认。然而杜老自己作起诗文来，却从来没有摹仿过王杨卢骆。他这种文学批判的客观态度，是值得我们敬重的。

王勃的文章，最为古文家所不满，欧阳修在他的《集古录跋尾》中，极力诋毁“落霞孤鹜”两句。然而唐代的古文家，却不如此狭隘。韩愈的《滕王阁记》说：“江南多游观之美，而滕王阁独为第一。及得三王所为序赋记等，壮其文词……窃喜载名其上，词列三王之次，有荣耀焉。”足见唐人虽是文章流派不同的，也都对于他有相当的尊重。

王勃的作品用事还不算多，然而用起事来，竟有唐朝人都不能了解的。他的记问博洽，也是古今有数的了。王应麟在《困学纪闻》里说：《酉阳杂俎》曾记张说读益州夫子庙碑“帝车南指，遁七曜于中阶；华盖西临，藏五云于太甲”四句，总不懂。后来问僧一行，一行是博学的和尚，深通天算，替他解释上一句，而下一句仍然不能解。张说是有名的大手笔，《酉阳杂俎》著者段成式，也是作骈文最善于使事的，尚且如此。

四杰的文章，虽然以华靡为古文家所不满，然而在当时还是最有骨气，且能矫正流俗的。所以他的朋友杨炯作他的文集序说：

> 尝以龙朔初载，文场变体，争构纤微，竞为雕刻。糅之金玉龙凤，乱之朱紫青黄，影带以徇其功，假对以称其美。骨气都尽，刚健不闻，思革其弊，用光志业……鼓舞其心，发泄其用，八纮驰骋于思绪，万代出没于毫端，契将往而必融，防未来而先制。动摇文律，宫商有奔命之劳；沃荡词源，河海无息肩之地。以兹伟鉴，取其雄伯，壮而不虚，刚而能润，雕而不碎，按而弥坚。大则用之以时，小则施之有序。徒纵横以取势，非鼓怒以为资。长风一振，众萌自偃。遂使繁综浅术，无藩篱之固；纷绘小才，失金汤之险。积年绮碎，一朝清廓，翰苑豁如，词林增峻。反诸宏博，君之力焉；矫枉过正，文之权也。后进之士，翕然景慕，久倦樊笼，咸思自释，近则面受而心服，远则言发而响应，教之者逾于激电，传之者速于置邮。得其片言而忽焉高视，假其一气则邈矣孤骞。窃形骸者，既昭发于枢机，吸精微者，

亦潜附于声律。虽雅才之变例，诚壮思之雄宗也。妙异之徒，别为纵诞，专求怪说，争发大言，乾坤日月张其文，山河鬼神走其思，长句以增其滞，客气以广其灵，已逾江南之风，渐成河朔之制。……

看他这些话，可以知道勃是注意骨气的，而且在当时已是新体。再拿他的文集细看，也确有许多文章富有刚健之美的。

要知道唐初人沿袭陈隋轻靡的格调，秾艳的色泽，可是同时将陈隋人的重滞的弊病，全然洗涤干净，而纯以清空疏快的机轴行文。这实在是唐初陈子昂一派由骈复散的先河，非细辨文体，不能体会出来。

本来六朝的骈体，实在有解放之必要，四杰有解放的意思，而不能变其形式。陈子昂虽变其形式，而曲高和寡，一直到韩愈方才成功一种破坏骈文的运动。所以最低限度，总可以说四杰代表另一时代的骈文，而这种骈文渐渐到了化骈为散的程度。我们找一篇代表这种趋势最显明的来看。

骆宾王《与博昌父老书》：

……云雨俄别，封壤异乡。春渚青山，载劳延想，秋天白露，几变光阴。古人云别易会难，不其然也？自解携襟袖，一十五年。交臂存亡，略无半在。陆处士湓从朝露，辟闾公倏掩夜台，故吏门人，多游蒿里，耆年宿德，但见松丘。呜呼！泉壤殊途，幽明永隔，人危理促，天道奚言？感今怀旧，不觉涕之无从也！况过隙不留，藏舟难固，追惟逝者，浮生几何？哀缘物兴，事因情感。虽蒙庄一指，殆先觉于劳生，秦佚三号，讵忘情于怛化。啜其泣矣，尚何云哉？又闻移县就乐安故城，廨宇邑居，咸徙其地，里闬阡陌，徒有其名，荒径三秋，蔓草滋于旧馆，颓墉四望，拱木多于故人。嗟乎！仙鹤来归，辽东之城郭犹是；灵乌代谢，汉南之陵谷已非。昔吾先君，出宰斯邑，清芬虽远，遗爱犹存，延首城池，何心天地。虽则山河四塞，是称无棣之墟，松槚千秋，有切维桑之里。故每怀夙昔，尚想经过，于役不遑，愿言徒拥。今西成有岁，东户无为，野老清谈，怡然自得，田家浊酒，乐以忘忧，故可洽赏当年，相欢卒岁。宁复惠存旧好，追思昔游？所恨跂予望之，经途密迩，伫中衢而空轸，巾下泽而莫因。风月虚心，形留神往，山川在目，室迩人遐。以此怀劳，增其叹息，情不遗旧，书何尽言。

这种文章一气读下去，就知道是骈文的形式、散文的精神了。

再看杨炯的《燕支山神宁济公祠堂碑》，尤其可以证明他们的骈文，不但含散文的精神，有时且兼散文的形式：

> 西北之巨镇曰燕支，本匈奴王庭。昔汉武纳浑邪，开右地，置武威、张掖，而山界二郡之间。连峰委会，云蔚岱起，积高之势，四面千里。阳崖有栝柏之材备干革，阴壑有坚刚之璞化五兵。维人气雄，其畜多马，虏得之以制阴国，主天衔；周以之兴，秦以之霸，汉得之以断右臂，却南牧。西距于海，北潴于河，自外而望上也，熊熊乎一气，旁荫朔卤，前衡塞门，与积石来朝，昆仑相长。洎陟苍苍，临峻极，则形变六合，空同大荒。青冥在混元之中，绝壁揭宇宙之外。

附：

王勃《滕王阁序》[①] 及注释

豫章故郡，洪都新府[②]。星分翼轸[③]，地接衡庐[④]。襟三江而带五湖[⑤]，控蛮荆而引瓯越[⑥]。物华天宝，龙光射牛斗之

---

① 选自《王子安集》（《四部丛刊》本）。原题作《滕王阁诗序》，一作《秋日登洪府滕王阁饯别序》。王勃（649—676），字子安，绛州龙门（今山西河津）人，初唐文学家。滕王阁，是唐高祖的儿子滕王李元婴任洪州都督时修建的，旧址在今江西南昌赣江之滨。高宗时，洪州都督阎某重修此阁，并于上元二年（675）的重九日，在滕王阁上欢宴群僚和宾客，王勃南下探亲，路过这里，也参加了盛会，即席赋诗，并写了这篇序。

② “豫章故郡，洪都新府”，豫章是汉朝设置的郡，治所在南昌，所以说“故郡”。唐初把豫章郡改为“洪州”，所以说“新府”。“豫章”，一作“南昌”。

③ “星分翼轸（zhěn）”，意思是说，（洪州）属于翼、轸二星所对着的地面的区域。古人用天上二十八宿（列星）的方位来区分地面的区域，某个星宿对着地面的某个区域，叫作某地在某星的分野。

④ 衡庐，指湖南的衡山和江西的庐山。

⑤ 襟三江而带五湖，以三江为襟，以五湖为带。三江，泛指长江中下游。旧说古时长江流过彭蠡（今鄱阳湖），分成三道入海，故称“三江”。五湖，泛指太湖区域的湖泊。一说，指太湖、鄱阳湖、青草湖、丹阳湖、洞庭湖，南昌在五湖之间。

⑥ 控蛮荆而引瓯（ōu）越，控制楚地，连接瓯越。蛮荆，古楚地（今湖北、湖南一带），这是沿用古代的说法。瓯越，就是东瓯，今浙江永嘉一带。

墟[①]；人杰地灵，徐孺下陈蕃之榻[②]。雄州雾列[③]，俊采星驰[④]。台隍枕夷夏之交[⑤]，宾主尽东南之美[⑥]。都督阎公之雅望，棨

---

① “物华天宝，龙光射牛斗之墟”，物的精华就是天的珍宝，宝剑的光气直射（天上）牛、斗二星所在的区域。龙光，宝剑的光芒。墟，域、所在之处。

② “人杰地灵，徐孺下陈蕃之榻”，人有俊杰是因为地有灵秀（之气），徐孺子（竟然能够）在太守陈蕃家中下榻。徐孺，名稚，字孺子，南昌人，东汉时名士，家贫，常亲自耕种，德行为人所景仰。当时陈蕃为豫章太守，素来不接待宾客，专为徐稚设一榻，平时挂起，只有徐稚来访才放下。因此后世有“下榻”的说法。榻，狭长而低矮的坐卧用具。

③ 雄州雾列，雄伟的大州像雾一样涌起，这是形容洪州的繁盛，州，指洪州。

④ 俊采星驰，杰出的人才像星星一样，形容人才之多。俊采，指人才。星驰，众星是运行着的，所以说“驰”。

⑤ 台隍（huáng）枕夷夏之交，南昌城处在瓯越与中原接壤的地方，这是说洪都处于要害之地。台隍，城台和城池，这里指南昌城。枕，倚、据。夷，古代称少数民族为夷，这里指上文所说的蛮荆、瓯越之地。夏，古代汉族自称夏，这里指中原地区。

⑥ 宾主尽东南之美（来赴这次宴会的）客人和主人，都是东南一带的俊杰。主，指洪州都督阎公，名字不详。

戟遥临；宇文新州之懿范，襜帷暂驻[1]。十旬休假[2]，胜友[3]如云；千里逢迎[4]，高朋满座。腾蛟起凤，孟学士之词宗[5]；紫电清霜，王将军之武库[6]。家君作宰，路出名区；童子何知，躬逢胜饯[7]。

---

① “都督阎公之雅望，棨（qǐ）戟遥临；宇文新州之懿（yì）范，襜（chàn）帷暂驻”，这两句是说，有崇高声望的都督阎公远道来临，有美好德行的新州刺史宇文氏在此地暂时停留。棨戟，有套的戟，古时官吏出行时用作前导的一种仪仗。都督的仪仗到了，也就是说阎公光临。宇文，复姓，名字不详。新州，州名，今广东新兴。懿范，美好的风范。懿，美好。襜帷，车的帷幔，这里借指宇文新州的车马。

② 十旬休假，指恰好赶上十日休假的日子。当时官员十天休息一天，叫作“旬休”。

③ 胜友，才华出众的友人。

④ 千里逢迎，指迎接千里而来的客人。

⑤ “腾蛟起凤，孟学士之词宗”，意思是说，文坛上众望所归的孟学士，文章的辞采有如蛟龙腾空，凤凰飞起。孟学士，名字不详。学士，掌管文学撰述的官。词宗，文词的宗主。

⑥ “紫电清霜，王将军之武库”，意思是说，王将军的兵器库里藏有锋利的宝剑，意在显示王将军的勇武和韬略。紫电，宝剑名。清霜，也指剑。《西京杂记》卷一：“高祖（汉高祖）斩白蛇剑，……刃上常若霜雪。”王将军，名字不详。

⑦ “家君作宰，路出名区；童子何知，躬逢胜饯”，意思是说，家父做交趾县的县令，自己因探望父亲路过这个有名的地方（指洪州），年幼无知，（却有幸）参加这场盛大的宴会。宰，县令，这里指交趾县的县令。出，过。

时维九月，序属三秋[①]。潦水[②]尽而寒潭清，烟光凝而暮山紫。俨骖𬴂于上路[③]，访风景于崇阿[④]；临帝子之长洲，得天人之旧馆[⑤]。层峦耸翠，上出重霄；飞阁流丹，下临无地[⑥]。鹤汀凫渚，穷岛屿之萦回；桂殿兰宫，即冈峦之体势[⑦]。

披绣闼，俯雕甍[⑧]，山原旷其盈视，川泽纡其骇瞩[⑨]。闾

---

① “时维九月，序属三秋”，指当时正是深秋九月。维，句中语气词。序，时序（春夏秋冬）。三秋，季秋，这里指秋天的第三个月，即九月。

② 潦（lǎo）水，蓄积的雨水。

③ 俨（yǎn）骖𬴂（cān fēi）于上路，驾着车在高高的道路上（前行）。俨，同“严”，整齐的样子。骖𬴂，驾车两旁的马。上，高。

④ 崇阿，高大的山陵。

⑤ “临帝子之长洲，得天人之旧馆”，意思是说到滕王阁来观赏。帝子、天人，都指滕王。长洲，指滕王阁前的沙洲。旧馆，指滕王阁。

⑥ “层峦耸翠，上出重霄；飞阁流丹，下临无地”，（在这里可以望见）重叠的峰峦耸起一片苍翠，上达重霄；凌空架起的阁道上，涂饰的朱红色油彩鲜艳欲滴，从阁道往下看，地好像没有了似的。飞阁，架空建筑的阁道。流，形容彩画鲜艳欲滴。丹，丹漆，这里泛指彩绘。临，从高处往下探望。

⑦ “鹤汀凫渚（zhǔ），穷岛屿之萦回；桂殿兰宫，即冈峦之体势”，鹤，野鸭止息的水边平地和小洲，极尽岛屿曲折回环的景致；用桂木、木兰修筑的宫殿，（高低起伏）像冈峦的样子。汀，水边平地。凫，野鸭。渚，水中小洲。桂、兰，两种名贵的树，这里是形容宫殿的华丽、讲究。

⑧ “披绣闼（tà），俯雕甍（méng）”，打开精美的阁门，俯瞰雕饰的屋脊。披，开。绣，指雕刻得精美细致。闼，小门。甍，屋脊。

⑨ “山原旷其盈视，川泽纡其骇瞩”，意思是说，放眼远望，辽阔的山岭、平原充满人们的视野、纡回的河流、湖泽使人看了吃惊。旷，辽阔。盈视，极目遥望，满眼都是。纡，纡回曲折。骇瞩，对所见的景物感到惊异。

阎扑地，钟鸣鼎食之家；舸舰弥津，青雀黄龙之舳[1]。云销雨霁，彩彻区明[2]。落霞与孤鹜[3]齐飞，秋水共长天一色。渔舟唱晚，响穷彭蠡[4]之滨；雁阵惊寒，声断衡阳之浦[5]。

遥襟甫畅，逸兴遄飞[6]。爽籁发而清风生，纤歌凝而白云遏[7]。睢园绿竹，气凌彭泽之樽[8]；邺水朱华，光照临川之

---

① “闾阎扑地，钟鸣鼎食之家；舸舰弥津，青雀黄龙之舳（zhú）”，意思是说，房屋遍地，有不少官宦人家；船只停满渡口，有许多装饰着青雀、黄龙头形的大船。闾阎，里门，这里代指房屋。扑，满。钟鸣鼎食之家，指大家世族，因古代贵族吃饭时要鸣钟列鼎，鼎中盛食物。舸，船。弥，满。津，渡口。青雀黄龙之舳，船头作鸟头形、龙头形。舳，这里指船。

② “云销雨霁，彩彻区明”，云消雨停，阳光普照，天空明朗。销，通“消”。霁，雨过天晴。彩，指日光。区，指天空。

③ 鹜（wù），野鸭。

④ 彭蠡（lǐ），古代大泽，即现在的鄱阳湖。

⑤ 声断衡阳之浦，鸣声到衡阳之浦而止。断，止。相传衡山有回雁峰，雁至此就不再南飞，待春而回。浦，水滨。

⑥ “遥襟甫畅，逸兴遄（chuán）飞”，登高望远的胸怀顿时舒畅，飘逸脱俗的兴致油然而生。襟，胸怀。甫，刚、顿时。遄，迅速。飞，飞动。

⑦ “爽籁发而清风生，纤歌凝而白云遏”，意思是说，宴会上，排箫声响起，好像清风拂来；柔美的歌声缭绕不散，遏止了白云飞动。爽，形容籁的发音清脆。籁，排箫，一种由多根竹管编排而成的管乐器。纤，细。遏，阻止。

⑧ “睢（suī）园绿竹，气凌彭泽之樽”，意思是说，今日的宴会，好比当年睢园竹林的聚会，在座的文人雅士，豪爽善饮的气概超过了陶渊明。睢园，西汉梁孝王在睢水旁修建的竹园，他常和一些文人在此饮酒赋诗。凌，超过。彭泽，指代陶渊明。

笔[1]。四美[2]具，二难[3]并。穷睇眄[4]于中天，极娱游于暇日。天高地迥[5]，觉宇宙之无穷；兴尽悲来，识盈虚之有数[6]。望长安于日下，目吴会于云间[7]。地势极而南溟深，天柱高而北辰远[8]。关山难越，谁悲失路[9]之人？萍水相逢，尽是他乡之客。怀帝阍[10]而不见，奉宣室[11]以何年？

---

① “邺水朱华，光照临川之笔”，这是借诗人曹植、谢灵运来比拟参加宴会的文人。邺（今河北临漳），是曹魏兴起的地方。曹植曾在这里作过《公宴诗》，诗中有“朱华冒绿池”的句子。朱华，荷花。临川之笔，指谢灵运。他曾任临川（今属江西）内史。

② 四美，指良辰、美景、赏心、乐事。

③ 二难，指贤主，嘉宾。难，难得。

④ 睇眄（dìmiǎn），看。

⑤ 迥，远。

⑥ 识盈虚之有数，知道事物的兴衰成败是有定数的。盈虚，盈满和亏损。数，定数。

⑦ “望长安于日下，目吴会于云间”，意思是说，远望长安，遥看吴会。长安，唐朝的国都。吴会，吴地的古称。

⑧ “地势极而南溟深，天柱高而北辰远”，地势偏远，南海深邃；天柱高耸，北极星远悬。南溟，南方的大海。天柱，《神异经》说，昆仑山上铜柱，高入天穹，叫作“天柱”。北辰，北极星，这里暗指国君。

⑨ 失路，比喻不得志。

⑩ 帝阍（hūn），原指天帝的守门者，这里指皇帝的宫门。

⑪ 宣室，汉未央宫前殿正室叫宣室，汉文帝曾坐宣室接见贾谊，谈话到半夜。这里用这个典故来自比。

嗟乎！时运不齐[①]，命途多舛[②]。冯唐[③]易老，李广[④]难封。屈贾谊于长沙，非无圣主[⑤]；窜梁鸿于海曲，岂乏明时[⑥]？所赖君子见机[⑦]，达人知命[⑧]。老当益壮，宁移白首之心[⑨]？穷[⑩]且益坚，不坠青云之志[⑪]。酌贪泉而觉爽[⑫]，处涸辙以犹欢[⑬]。北海

① 时运不齐，命运不好。不齐，有蹉跎，有坎坷。

② 舛（chuǎn），乖违，不顺。

③ 冯唐，西汉人，有才能却一直不受重用。汉武帝时选求贤良，有人举荐冯唐，可是他已九十多岁，难再做官了。

④ 李广，汉武帝时的名将，多年抗击匈奴，军功很大，却终身没有封侯。

⑤ “屈贾谊于长沙，非无圣主”，汉文帝本想任贾谊为公卿，但因朝中权贵反对，就疏远了贾谊，任他为长沙王太傅。

⑥ “窜梁鸿于海曲，岂乏明时”，使梁鸿逃到海边，难道不是政治昌明的时代吗？窜，逃。梁鸿，东汉人，因作诗讽刺君王，得罪了汉章帝，被迫逃到齐鲁一带躲避。海曲，海隅，指齐鲁一带临海的地方。明时，政治昌明的时代。

⑦ 见机，事前洞察事物的动向。机，预兆。

⑧ 达人知命，通达事理的人，知道命运。

⑨ 宁移白首之心，哪能在白发苍苍的老年改变心志？宁，哪。

⑩ 穷，困厄，处境艰难。

⑪ 青云之志，比喻远大崇高的志向。

⑫ 酌贪泉而觉爽，喝下贪泉的水，仍觉得心境清爽，古代传说广州有水名贪泉，人喝了这里的水就会变得贪婪，这句是说有德行的人在污浊的环境中也能保持纯正，不被污染。

⑬ 处涸（hé）辙以犹欢，处在奄奄待毙的时候，仍然乐观开朗。处涸辙，原指鲋鱼处在干涸的车辙里，比喻人陷入危急之中，《庄子·外物》有鲋鱼在干涸的车辙中求活的寓言。

虽赊，扶摇可接[①]；东隅已逝，桑榆非晚[②]。孟尝高洁，空余报国之情[③]；阮籍猖狂，岂效穷途之哭[④]？

勃，三尺微命[⑤]，一介[⑥]书生。无路请缨，等终军之弱

① “北海虽赊（shē），扶摇可接”，北海虽然遥远，乘着旋风还可以到达。北海，就是《庄子·逍遥游》中说的“北冥”。赊，远。扶摇，猛烈的旋风。

② “东隅已逝，桑榆非晚”，意思是说，早年的时光虽然已经逝去，珍惜将来的岁月，为时还不晚。东隅，指日出的地方，表示早。桑榆，指日落的地方，表示晚。古人有“失之东隅，收之桑榆”的说法。

③ “孟尝高洁，空余报国之情”，孟尝品行高洁，却空有一腔报国热情，这是作者借孟尝以自比，带有怨意。孟尝，东汉人，为官清正贤能，但不被重用，后来归田。见《后汉书·循吏列传》。

④ “阮籍猖狂，岂效穷途之哭”，怎能效法阮籍不拘礼法，在无路可走时便恸哭而还呢。意思是说，虽然怀才不遇，但也不放任自流。阮籍（210—263），三国魏诗人。他有时独自驾车出行，到无路处便恸哭而返，借此宣泄不满于现实的苦闷心情。猖狂，狂放、不拘礼法。

⑤ 三尺微命，指地位低下。三尺，士佩三尺长的绅（古代礼服上束带的下垂部分）。微命，犹如说身份卑微。王勃做过虢（guó）州参军，所以这样讲。

⑥ 一介，一个。

冠[1]；有怀投笔[2]，慕宗悫[3]之长风。舍簪笏于百龄，奉晨昏于万里[4]。非谢家之宝树，接孟氏之芳邻[5]。他日趋庭，叨陪鲤

---

① “无路请缨，等终军之弱冠”，意思是说，自己和终军的年龄相同，却没有请缨报国的机会。请缨，请求皇帝赐给长缨（长绳）。《汉书·终军传》记载，汉武帝想让南越（今广东、广西一带）王归顺，派终军前往劝说，终军请求给他长缨，必缚住南越王，带回到皇宫门前（意思是一定完成使命）。后来用“请缨”指投军报国。等，同于。弱冠，指二十岁，古代以二十岁为弱年，行冠礼，为成年人。

② 投笔，指投笔从军。这里用班超投笔从戎的典故。

③ 宗悫（què），南朝宋人，少年时很有抱负，说“愿乘长风破万里浪”。

④ “舍簪（zān）笏（hù）于百龄，奉晨昏于万里”，意思是说，自己宁愿舍弃一生的功名富贵，到万里以外去朝夕侍奉父亲。簪笏，这里代指官职。簪，束发戴冠用来固定帽子的簪。笏，朝见皇帝时用来记事的手板。百龄，一生。

⑤ “非谢家之宝树，接孟氏之芳邻”，意思是说，自己并不是像谢玄那样出色的人才，却能在今日的宴会上结识各位名士。谢家之宝树，指谢玄。《晋书·谢玄传》记载，晋朝谢安曾问子侄们：为什么人们总希望自己的子弟好？侄子谢玄回答：“譬如芝兰玉树，欲使其生于庭阶耳。”后来就称谢玄宝树。接，结交。孟氏之芳邻，这里借孟子的母亲为寻找好邻居而三次搬家的故事，来指赴宴的嘉宾。

对[①]；今兹捧袂[②]，喜托龙门[③]。杨意不逢，抚凌云而自惜[④]；钟期既遇，奏流水以何惭[⑤]？

呜呼！胜地不常[⑥]，盛筵难再[⑦]，兰亭已矣[⑧]，梓泽丘墟[⑨]。

---

① “他日趋庭，叨（tāo）陪鲤对”，意思是说，过些时候自己将到父亲那里陪侍和聆听教诲。趋庭，快步走过庭院，这是表示对长辈的恭敬。叨，惭愧地承受，表示自谦。鲤对，孔鲤是孔子的儿子，鲤对指接受父亲教诲。事见《论语·季氏》。

② 捧袂（mèi），举起双袖作揖，指谒见阎公。袂，衣袖。

③ 喜托龙门，意思是说，（受到阎公的接待）十分高兴，好像登上龙门一样。托，指寄托身子，这是客气话。龙门，地名，在今山西河津西北的黄河中，那里两岸夹山，水险流急，相传鲤鱼跃过龙门则变为飞龙。这里借“登龙门”的说法，表示由于谒见名人而提高了自己的身价。

④ “杨意不逢，抚凌云而自惜”，没有遇到杨得意那样引荐的人，虽有文才也（只能）独自叹惋。这里是以司马相如自比，又叹惜遇不到引荐的人。杨意，即蜀人杨得意，任掌管天子猎犬的官，西汉辞赋家司马相如是由他推荐给汉武帝的。凌云，这里指司马相如的赋。《史记·司马相如传》说，相如献《大人赋》，“天子大悦，飘飘有凌云之气，似游天地之间”。

⑤ “钟期既遇，奏流水以何惭”，既然遇到钟子期那样的知音，演奏高山流水的乐曲又有什么羞惭呢？意思是说，遇到阎公这样的知音，自己愿意在宴会上赋诗作文。钟期，即钟子期。《列子·汤问》说，俞伯牙弹琴，钟子期能听出他是“志在高山”还是“志在流水”，遂成知音。

⑥ 不常，不能常存。

⑦ 难再，难以第二次遇到。

⑧ 兰亭已矣，当年兰亭宴饮集会的盛况已成为陈迹了。

⑨ 梓泽丘墟，繁华的金谷园也已变为荒丘废墟。梓泽，金谷园的别称，为西晋石崇所建，故址在今河南洛阳西北。

临别赠言[①]，幸承恩于传饯；登高作赋，是所望于群公[②]。敢竭鄙怀，恭疏短引[③]，一言均赋，四韵俱成[④]。请洒潘江，各倾陆海云尔[⑤]。

（选自人民教育出版社《高三语文必修5》）

---

① 赠言，指留下这篇序文。

② “登高作赋，是所望于群公”，登高而作赋，那是在座诸公的事了。《韩诗外传》卷七：“孔子曰：君子登高必赋。”

③ 恭疏短引，恭敬地写此小序。疏，书、撰写。引，序。

④ “一言均赋，四韵俱成”，这二句是说自己。意思是，我这首诗铺陈出来，成为四韵。一言，指一首诗。赋，铺陈。

⑤ “请洒潘江，各倾陆海云尔”，意思是说，请各位宾客竭尽文才，写出好作品。洒、倾各与江、海对应，意思是竭尽才能，写诗作文。潘岳、陆机都是晋朝人，南朝梁人钟嵘的《诗品》说“陆才如海，潘才如江”。云尔，语气助词，用在句尾，表示述说完了。

一〇　《文心雕龙》与《史通》

由梁以至初唐，有两个文学批评家，是不能忽视的。

《文心雕龙》的作者刘勰，是生在骈文最盛行的时代，而作文学总批评的。虽然他自己的意思，是从经史以至于诗文无不在批评之内。然而他究竟是以骈文的立场来作书，而且他的本书就是用骈文作的，所以值得特别叙述一下。

他这书五十篇之中，前一半从《原道》至《书记》，多半是讲文章体裁的，这种体裁的划分，在古人认为很重要。萧氏《文选》甚至于把每一种还要分成无数种，如此实在太繁琐了。在我们现在的看法，用途虽有不同，而体裁是不能绝对划分的。例如作章表的何尝不可用论说中的议论，作碑传的又何尝不可兼采诔祭中的哀吊？所以斤斤在这上面分别，是很不智的。

将这一点解放之后，则《文心雕龙》所含的精义，全在下列各篇。

神思　体性　风骨　通变　定势　情采　镕裁　声律　章句　丽辞　比兴　夸饰　事类　练字　隐秀　指瑕　养气　附会　总术　时序　物色　才略　知音　程器

在这二十四篇之中，尤其切于骈文的鉴裁者，莫如《风骨》以下。

他在《风骨篇》中说：

……辞之待骨，如体之树骸；情之含风，犹形之包气。结言端直，则文骨成焉；意气骏爽，则文风清焉。若丰藻克赡，风骨不飞，则振采失鲜，负声无力。……故练于骨者，析词必精；深乎风者，述情必显。捶字坚而难移，结响凝而不滞，此风骨之力也。

《定势篇》说：

夫情致异区，文变殊术，莫不因情立体，即体成势也。势者乘利而为制也，如机发矢直，涧曲湍回，自然之趣也。圆者规体，其势也自转；方者矩形，其势也自安。文章体势，如斯而已。

《情采篇》说：

……文采所以饰言，而辩丽本于情性。故情者文之经，辞者理之纬，经正而后纬成，理定而后辞畅。

《隐秀篇》说：

隐也者，文外之重旨者也；秀也者，篇中之独拔者也。隐以复意为工，秀以卓绝为巧……或有晦塞为深，虽奥非隐，雕削取巧，虽美非秀矣。

这些都是论文极精之义，比陆机的《文赋》，又进一层了。

至于他讲到文章的技术，则如《镕裁篇》说：

……句有可削，足见其疏，字不得减，乃知其密。精论要语，极略之体，游心窜句，极繁之体。谓繁与略，适分所好。引而申之，则两句敷为一章，约以贯之，则一章删成两句。思赡者善敷，才核者善删，善删者字去而意留，善敷者词殊而意显。

《声律篇》说：

……凡声有飞沉，响有双叠。双声隔字而每舛，叠韵杂句而必睽。沉则响发而断，飞则声飏不还，并辘轳交往，逆鳞相比，迕其际会，则往蹇来连。其为疾病，亦文章之吃也。

《章句篇》说：

然章句在篇，如茧之抽绪，原始要终，体必鳞次。启行之词，逆萌中篇之意，绝笔之言，追媵前句之旨。故能外文绮交，内义脉注，跗萼相衔，首尾一体。

《事类篇》说：

……是以将赡才力，务在博见，狐腋非一皮能温，鸡蹠必数千而饱矣。是以综学在博，取事贵约，校练务精，捃理须核，众美辐辏，表里发挥。

《练字篇》说：

……是以缀字属篇，必须拣择：一避诡异，二省联边，三权重出，四调单复。

尤其是《丽辞》一篇，纯讲骈文：

造化赋形，支体必双，神理为用，事不孤立。夫心生文辞，运裁百虑，高下相须，自然成对。唐虞之世，辞未极文，而皋陶赞云："罪疑惟轻，功疑惟重。"益陈谟云："满招损，谦受益。"岂营丽辞？率然对尔。《易》之《文》《系》，圣人之妙思也。序《乾》四德，则句句相衔；龙虎类感，则字字相俪；乾坤易简，则宛转相承；日月往来，则隔行悬合。……故丽辞之体，凡有四对。言对为易，事对为难，反对为优，正对为劣。……是以言对为美，贵在精巧；事对所先，务在允当。……必使理圆事密，联璧其章。迭用奇偶，节以杂佩，乃其贵耳。

他这种论文的论调，在所谓古文家看起来，是很不满意的。然而古文家讲义法，只是文章之一节，像他的包罗万象，是古今任何论文者所不及的。所以撇开骈文不谈，这部书始终是不可磨灭之作咧。

刘知几是古今有数的历史批评家，他的一部《史通》，在学术上的地位，比《文心雕龙》有过之无不及。他精到的眼光，犀利的笔锋，纵横古今，可以使古人拜倒，尤其是他的特殊文体，以整齐谐美的风格来发挥嬉笑怒骂的文章，简直是古今无两。

刘氏关于史学的批评，我们可不具论，所最足使人惊异的，乃是他对于骈文的不满。他第一是不主张沿袭，第二是不主张勉强作均齐的句调，第三是不主张滥用古典古语的。

他说：

> 夫《三传》之说，既不习于《尚书》，两汉之词，又多违于《战策》。足以验氓俗之递改，知岁时之不同。而后来作者，通无远识，记其当世口语，罕能从实而书，方复追效昔人，示其稽古。是以好丘明者，则偏摹《左传》，爱子长者，则全学史公。用使周秦言辞，见于魏晋之代；楚汉应对，行乎宋齐之日。

说：

既而丘明受经，师范尼父，……虽繁约有殊，而隐晦无异。故其纲纪而言邦俗也，则有“士会为政，晋国之盗奔秦”“邢迁如归，卫国忘亡”。其款曲而言人事也，则有“犀革裹之，比及宋，手足皆见”“三军之士，皆如挟纩”。斯皆言近而旨远，词浅而义深。虽发语已殚，而含意未尽。使夫读者望表而知里，扪毛而辨骨，睹一事于句中，反三隅于字外。……自兹已降，史道陵夷。作者芜音累句，云蒸泉涌。其为文也，大抵编字不只，捶句皆双，修短取匀，奇偶相配。故应以一言蔽之者，辄足为二言；应以三句成文者，必分为四句，弥漫重沓，不知所裁。是以处道受责于少期，子升取讥于君懋，非不幸也。……洎乎中代，其体稍殊，或拟人必以其伦，或述事多比于古。……降及近古，弥见其甚。至如诸子短书，杂家小说，论逆臣则呼为问鼎，称巨寇则目以长鲸。邦国初基，皆云草昧，帝王兆迹，必号龙飞。斯并理兼讽谕，言非指斥，异乎游夏措词、南董显书之义也。如魏收《代史》，吴均《齐录》，或牢笼一世，或苞举一家，自可申不刊之格言，弘至公之正说，而收称刘氏纳贡，则曰“来献百牢”；均叙元日临轩，必云“朝会万国”。夫以吴征鲁赋，禹计涂山，持彼往事，用为今说，置于文章则可，施于简册则否矣。亦有方以类聚，譬诸昔人，如王隐称诸葛亮挑战，冀获曹咎之利；崔鸿称慕容冲见幸，为有龙阳之姿，其事相符，言之谠矣。而卢思道称邢邵丧子不恸，自东门吴以来，未之有也；李百药称王琳雅得人心，虽李将军恂恂善诱，无以加也。斯皆虚引古事，妄足庸音，苟矜其学，必辨而非当者矣。昔《礼记·檀弓》，工言物始。夫自我作故，首创新仪，前史所刊，后来取证。是以汉初立槽，孟坚所书，鲁始为髽，丘明是记。河桥可作，元凯取验于《毛诗》，男子有笄，伯支远征于《内则》，即其事也。案裴景仁《秦记》称苻坚方食，抚盘而诟；王劭《齐志》，述洛干感恩，脱帽而谢。及彦鸾撰以新史，重规删其旧录，乃易"抚盘"以"推案"，变"脱帽"为"免冠"。夫近世通无案食，胡俗不施冠冕，直以事不类古，改从雅言。欲令学者何以考时俗之不同，察古今之有异？

刘勰是一个佛教的皈依者，刘知几也是一个孤高不能谐俗的人。勰既没有什么纯粹文学作品，知几亦不曾真个修史。独留下这两部大著作，而得了不朽之名，他们的遭际，都很奇怪的啊！

一一　唐代之骈文与古文

唐朝到中宗、玄宗时代，文章的风尚更为一变。已往的纤丽之风，渐渐为人所吐弃，而出之以雍容宽博之风。在大一统的朝廷之下，高文典册，天然应当趋于这条路径的。四杰都没有做过大官，所以也没有机会作这种文章，而张说以文人当国，便着实发挥他的天才，开出真正的唐文宗派。

张氏的文章是不甚用典的，也不用华丽的字眼，工整的格式，就是随笔写出，自然有雍容华贵的气象。

张说《上官昭容集序》：

……天实启之，故毁家而资国；运将兴也，故成德而受任。自则天久视之后，中宗景龙之际，十数年间，六合清谧。内峻图书之府，外辟修文之馆，搜英猎俊，野无遗才，右职以精学为先，大臣以无文为耻。每豫游宫观，行幸河山，白云起而帝歌，翠华飞而臣赋。雅颂之盛，与三代同风，岂惟圣后之好文，亦云奥主之协赞者也。……镇国太平公主，道高帝妹，才重天人。昔尝共游东壁，同宴北渚。倏来忽往，物在人亡。闵周瑄之残言，悲素扇之空曲。上闻天子，求椒掖之故事，有命史臣，叙兰台之新集。

像这篇文章里面的典故极少，就有也是最普通习见的。这还是形式上的问题。再看他的结句，何等的凝重有力，何等的悠然意远。那才是真正唐文的风味，后来的人很少学得到的。

张氏之文，最是淡泊之中，又有醇厚之味：

《洛州张司马集序》：

夫言者，志之所之，文者，物之相杂。然则心不可蕴，故发挥以形容；辞不可陋，故错综以润色。万象鼓舞，入有名之地，五音繁杂，出无声之境。……时复江莺迁树，陇雁出云，梦上京之台沼，想故山之风月，发言而宫商应，摇笔而绮绣飞。

一言蔽之，这都是骈散分而将合之预兆。

唐中叶的人，有许多作散文也带骈文的气息，而作骈文几其带散文的气息。这实在是骈散由分复合的朕兆，也就是骈文最能包罗万象的时代。

柳宗元是古文家，与韩愈齐名，他所作的骈文也极少，而偶然一篇，竟非凡地奇挺，另造成一种风格。试看他的《睢阳庙碑》，可见一斑。

> 急病让夷，义之先；图国忘死，贞之大。利合而动，乃市贾之相求；恩加而感，则报施之常道。睢阳所以不阶王命，横绝凶威，超千祀而挺生，奋百代而特立者也。……

这是何等伟绝的议论，从空而降，又是何等横恣的笔力，恐怕韩愈的那些散文碑志，也不过如此。

他叙南霁云死事的情形如下。

> 柱厉不知而死难，狼瞫见黜而奔师。忠谋朗然，万夫齐力。公以推让，且专奋击，为马军兵马使，出战则群校同强，入守而百雉齐固。初据雍丘，谓非要害，将保江淮之臣庶，通南北之奏复。拔我义类，扼于睢阳，前后捕斩要遮，凶气连沮。汉兵已绝，守疏勒而弥坚，虏骑虽强，顿盱眙而不进。贼徒乃弃疾于我，悉众合围，技虽穷于九攻，志益专于三板。

逼阳悬布之劲，洴城凿穴之奇。息意牵羊，羞郑师之大临，甘心易子，鄙宋臣之病告。诸侯环顾而莫救，国命阻绝而无归。以有尽之疲人，敌无已之强寇。公乃跃马溃围，驰出万众，抵贺兰进明乞师。进明乃张乐侑食，以好聘待之。公曰："敝邑父子相食，而君辱以燕礼，独何心欤？"乃自噬其指曰："啖此足矣。"遂恸哭而返，即死孤城。首碎秦庭，终懵《无衣》之赋，身离楚野，徒伤带剑之辞。至德二年十月，城陷遇害，无傅燮之叹息，有周苛之慷慨。闻义能徙，果其初心。烈士抗词，痛臧洪之同日，直臣致愤，惜蔡恭于累旬。

同时的人，如吕温的《三受降城碑铭》：

夏后氏遏洪水，驱龙蛇，能御大菑以活黔首。周文王城朔方，逐猃狁，能捍大患以安中区。若非高岸峻防，重门击柝，虽有盛德，曷观成功？然则持璇玑而弛张万象，昊穹之妙用；扼胜势以擒纵八极，王者之宏图。道虽无外，权则有备；变化消息，存乎其人。

如权德舆的《兵部郎中杨君集序》：

周家忠厚，文章备乎二代，先师有郁郁之叹，故周任、史克、仍叔、吉甫之伦生焉。汉氏刬烦苛，弘利泽，训辞深厚，议论宏大，故贾谊、扬雄、司马迁、相如之才出焉。唐兴几二百岁，绍闻周汉之逸轨，以人文华国，犹《云汉》之为章于上，《江汉》之为纪于下。九功成焉，百度贞焉。王泽浃洽，故斯文焕发。秉笔之士，皆欲溯末流而挹清源，披埃壒而栖颢气。至若词合雅，言中伦，疏通而不流，博富而有节，洁静夷易，得其英华者，其弘农杨君欤？

就是文起八代之衰的韩愈，虽然极不以骈文为然，虽然务陈言之是去，而像《进学解》那种文章，何曾不带骈文的余习。犹之他虽作《南山》那样古奥的诗，又何尝不也作“银烛半销窗送曙，金钗欲醉座添春”的句子呢？

然而文章到了这个时代，不能不说起了一重大的变化。就是厌恶骈文的人增多了，骈文的用途渐渐减少了。自魏晋以来，写信用骈文，记事用骈文，吊祭碑传用骈文，乃至著书立说，也用骈文。而朝廷发号施令的典重文字，更无不用骈文。骈文的程度逐渐增加，以至于北周，遂生一种大反动。苏绰一班人，想把骈文一拳打倒，可是终于失败，而骈文又延长了残喘若干年。直至唐代诸贤，方才逐步地解放，韩公便是将骈文桎梏完全解脱的最后一人。从此以后，写信不用骈文了，记事不用骈文了，吊祭碑传不用骈文了，著书立说更不用骈文了。仅仅剩了庙堂文字，仍然不能不用骈文，骈文还是一种官式的标准的文体咧。

韩氏摧陷廓清之功，诚然是不可磨灭的。他在文学史上的地位，是不能不重视的。但是有一点，也不容我们忽视。这一点是什么呢？他虽然摧陷了骈文的壁垒，却同时构成了一个古文的壁垒。

自魏晋以来，骈文虽然成了定型，然而真正第一流的作者，是不为形式所拘束的。真正第一流的文章，是云行水止、随意所之的。两句之中，并非非对偶不可，一篇之中，也非非对偶到底不可。文气的缓急，声调的平仄，都没有严格的束缚。他们多半重在立意的精警，描写的深刻。至于韩愈以后的古文家，便将古文也作成定型了，布局用虚字，也有所谓古文义法了。于是一篇文章怎样地开阖照应，怎样地咏叹摇曳，成了刻板的，而生气索然了。这虽不是韩氏之过，而后来捧韩氏的人，不能不负其责任咧。所以算起总账来，骈文的坏处不过是平凡，而古文的坏处便是陈腐。

近几百年中，一方面受了这种古文的束缚，一方面受了骈文余孽——八股的熏陶，于是通行一种庸滥的格调，普通人都陷溺于其中而不能自拔，以为这就足以代表中国的文章，这是一件最可悲哀的事咧。

诚然，也许这是文学史上天然演变的结果，然而在这演变的过程中，有许多幼稚不合理的地方，明眼人是不应该被它瞒过的。

一二　陆贽

当唐德宗在位的时候，深愤肃代两朝姑息的结果，河北藩镇不奉朝命，互相勾结，成为不拔之根，于是决心以武力划平，一洗安史以来所留之余孽。谁知德宗驭下不得其当，虽然劳师转饷数年之久，只不过格外促成他们的团结，并不能损其分毫。不但此也，因为用兵太久。泾原乱兵就在长安起事，奉朱泚为主，德宗被迫出避奉天。于是不得已将从前称兵之诸镇一概赦原不问，专讨朱泚。总算仗着李晟的兵力，收复京城，幸免于亡，而诸镇之跋扈，从此遂更不可问了。

当这危急存亡的时候，德宗有个献谋议托腹心的名臣，是为陆贽。他是嘉兴人，年少登进士，有时名，德宗为太子，已为其名所动。所以即位之后，即以为翰林学士。唐朝的翰林学士，并非后世纯为文学侍从之臣，其性质竟是皇帝的秘书长。这时贽年才三十，值朱泚之乱，从往奉天，军事倥偬，所有的文书，均由贽一手起草，从容应付，无不得当。他所最擅长的，是一种入情入理娓娓动听的文字，而以极精妙的骈体行之。他深知时机危急，不能再用官样文章敷衍，所以他从容请德宗许他痛切陈辞，直言无讳，庶几可以感动人心。底下便是历史上有名的《兴元大赦制》的节录。据说这制书行到山东，许多武人悍卒，读了真为之感激下泪。所以唐家的德望，还可以维系人心，而强藩悍将，终不敢遽作非分之想咧。

门下（唐朝制诏，由门下省行之，所以开口先呼门下）。致理兴化，必在推诚。忘己济人，不吝改过。朕嗣守丕构，君临万方，失守宗祧，越在草莽。不念率德，诚莫追于既往；永言思咎，期有复于将来。明征厥初，以示天下。惟我烈祖，迈德庇人。致俗化于和平，拯生灵于涂炭。重熙积庆，垂二百年，伊尔卿尹庶官，洎亿兆之众，代受亭育，以迄于今，功存于人，泽垂于后。肆予小子，获缵鸿业，惧德不嗣，罔敢怠荒。然以长于深宫之中，暗于经国之务，积习易溺，居安忘危。不知稼穑之艰难，不察征戍之劳苦，泽靡下究，情不上通。事既壅隔，人怀疑阻，犹昧省己，遂用兴戎。征师四方，转饷千里，赋车籍马，远近骚然。行斋居送，众庶劳止。或一日屡交锋刃，或连年不解甲胄。

祀奠乏主，室家靡依。生死流离，怨气凝结。力役不息，田莱多荒，暴命峻于诛求，疲氓空于杼轴。转死沟壑，离去乡闾，邑里丘墟，人烟断绝。天谴于上而朕不悟，人怨于下而朕不知。驯致乱阶，变兴都邑，贼臣乘衅，肆逆滔天，曾莫愧畏，敢行凌逼。万品失序，九庙震惊，上辱于祖宗，下负于黎庶。痛心腼貌，罪实在予，永言愧悼，若堕深谷。赖天地降祐，神人叶谋，将相竭诚，爪牙宣力，屏逐大盗，载张皇维，将弘永图，必布新令。朕晨兴夕惕，惟念前非。乃者公卿百寮，累抗章疏，猥以徽号，加于朕躬。固辞不获，俯遂舆议。昨因内省，良用矍然。体阴阳不侧之谓神，与天地合德之谓圣，顾惟浅昧，非所宜当。文者所以成化，武者所以定乱。今化之不被，乱是用兴，岂可更徇群情，苟膺虚美？重余不德，只益怀惭！自今以后，中外所上书奏，不得更称圣神文武之号。夫人情不常，系于时化，大道既隐，乱狱滋丰。朕既不能弘德导人，又不能一法齐众。苟设密网，以罗非辜，为之父母，实增愧悼！今上元统历，献岁发春，宜革纪年之号，式敷在宥之泽，与人更始，以答天休。可大赦天下，改建中五年为兴元元年。自正月一日昧爽以前，大辟罪以下，罪无轻重，咸赦除之。李希烈、田悦、王武俊、李纳等，有以忠劳，任膺将相；有以勋旧，继守藩维。

朕抚驭乖方，信诚靡著。致令疑惧，不自保安。兵兴累年，海内骚扰，皆由上失其道，下罹其灾。朕实不君，人则何罪？屈己弘物，予何爱焉？庶怀引慝之诚，以洽好生之德。其李希烈、田悦、王武俊、李纳及所管将士官吏等，一切并与洗涤，各复爵位，待之如初。仍即遣使分道宣谕。朱滔虽与贼泚连坐，路远未必同谋。朕方推以至诚，务欲弘贷，如能效顺，亦与惟新。其河南北诸军兵马，并宜各于本道自固封疆，勿相侵轶。

这篇诏书中“长于深宫之中”数语，不独痛自刻责，不是当时代言之人所敢撰拟。即以文格而论，的确深透异常，绝无凡响。说到“天谴于上而朕不悟，人怨于下而朕不知”，真可谓垂涕而道，只觉得深切坦白，而不觉得重复冗沓了。

就这一点看来，也可以悟到文章的好处，不全在字句的斟酌。像这两句，放在他处，必觉其凡庸可厌，而放在此处，反觉其精警。全是因为全篇的境界、层次、语气、声调都极其妥帖之故。

骈文到了陆氏，也可以说又进一步的被解放，《四库提要》说是“真意笃挚，反复曲畅，不复见排偶之迹”，是一点不错的。

陆氏并不是专门的文人，而是一个政治家。他的文章几乎全然是制诰奏议一类，可是他的文格在文学史上极占地位。前乎陆氏者有徐陵，而徐氏以用典隶事见长，陆氏却不用典。后乎陆氏者有宋人的四六，而宋人喜用成语，陆氏却少用成语。他纯乎用浅显和平的句调，陈情说理，以求动人之听。这种办法，用在公牍上面确是很合宜的。宋人受他的影响最多，清人善于作公牍文的如曾国藩，都有些模仿咧。

一三　李商隐

李商隐的文章，与他的诗一样，以使事精博、色泽秾丽见长，所以无形中便像了两个古人徐陵与庾信。他的诗像庾信，他的文便像徐陵。总之无论什么复杂的情事，难言的衷曲，一到他手里，便拿古事古语来比拟得十分确切，十分活动，再加上一种灵动的笔法，疏宕的文气，真叫读的人觉得娓娓忘倦。徐陵一派如此，陆贽一派也如此，商隐尤其能融合他两家之长，一个善于叙事，一个善于说理，都被他兼收并蓄了。后来宋朝人的四六，都是承他的衣钵，而再参以变化的。近人有饶汉祥，在民国初年替黎元洪打通电，专门模仿着他，也至今偶尔为人所传诵。

李氏的文集名《樊南文集》，有冯浩、钱振伦两家注本很好。其中最精彩的一篇，是替郑亚作的《会昌一品集序》。《会昌一品集》是李德裕的文集，关系武宗一朝的政治军事，甚为重要，而李德裕又是当时勋名鼎盛的贤相，本是一个极好的题目。商隐那时正在郑亚的幕府中，所以他膺此代笔之命。据说商隐此文，后经郑氏自己改定，改定之稿，收在《唐文粹》里面。读者如果取来比较一下，很可以看出一个作家意匠惨淡以及推敲烹炼的艰苦。

商隐最善于叙宛转之情，虽取骈体之形式，而气机音节，都非常疏宕，绝无板滞之弊。比陆贽的庄严，又更觉添一番流走之美。试看他《为濮阳公（王茂元）与刘稹书》一篇，本来取法于徐陵的，然而即以开头几句而论，便又非徐陵所能及。他说：

> 前以肺肝，布诸简素，仰承复命，犹事枝辞，夫岂告者之不忠，抑乃听之而未审。择福莫若重，择祸莫若轻，一去不回者良时，一失不复者机事。噫嘻执事，谁与为谋？延首北风，心焉如灼！

又说：

> 由此言之，则以何名隳家声，何事舍君命，何道求死士，何计得人心？此仆者所以对案忘餐，推枕不寝，为足下惜，为足下危，而不知其所以然也。况太师比者养牛添卒，畜

马训兵，旁招武干之才，中举将军之令。然而听于远近，颇有是非。虽朝廷推赤心，弘大度，然而不遇者已有乖异之说，横议者屡兴悖恶之叹。人之多言，亦可畏也。谁为来者，宜其弭之。今足下背季父引进之恩，失大朝文诰之令，则是实先太师之浮议，彰昭义军之有谋。为人侄则致叔父于不忠，为人孙则败乃祖于无后。亦何以对燕赵之士，见齐鲁之人耶？

李氏以富于情绪之故，尤其善写哀思（《旧唐书》本传是这样说）。往往绵邈三叹，凄沁心脾。试读他的《祭小侄女寄寄文》。

……事故纷纶，光阴迁贸，寄瘗尔骨，五年于兹。白草枯荄，荒涂古陌，朝饥谁饱？夜渴谁怜？尔之栖栖，吾有罪矣。今吾仲姊，反葬有期，遂迁尔灵，来复先域。平原卜穴，刊石书铭。明知过礼之文，何忍深情所属。自尔殁后，侄辈数人，竹马玉环，绣襜文褓，堂前阶下，日里风中，弄药争花，纷吾左右。独尔精诚，不知所之。况吾别娶以来，胤绪未立。犹子之义，倍切他人。念往抚存，五情空热。呜呼！荥水之上，坛山之侧，汝乃曾乃祖，松槚森行，伯姑仲姑，冢坟相接。汝来往于此，勿怖勿惊。华彩衣裳，甘香饮食，汝来受此，无少无多。汝伯祭汝，汝父哭汝，哀哀寄寄，汝知之耶？

李氏为人，极文人生活潦倒偃蹇之至。他一生屡次蒙人赏识，却又屡次受人排挤。先受令狐楚的资助，而取得进士第，后又入王茂元幕府，做他的爱婿，以督军的秘书长，而又兼姑爷的资格，可算是红到极点了。不料令狐楚的儿子令狐绹入为宰相，以商隐为薄行，大不愿意他。适逢王茂元死去，商隐依然是一个穷书生，仍不能不乞令狐氏的恩怜，经过了无数的周折，终于不能得意以死。这便是他一生的略历。这里面虽然有李牛二党相争的背景，因为王茂元与李德裕有关系，而令狐楚与牛僧孺有关系之故。然而商隐的性情轻躁，不善处世接物，恐怕还是最大的原因。

商隐的文章，虽然表面华缛，然而里面是很有骨气的。唐人的骈文，每每缺少庾子山那一种清刚苍老的骨气。而商隐不然。试一检查《旧唐书》的本传，果然说商隐能为古文，不喜偶对。从事令狐楚幕，楚能章奏，遂以其道授商隐。自是始为今体章奏，博学强记，下笔不能自休。然后知道他的骈文之所以如此出色，还是因为从古文半路出家的缘故。大凡文章作得好的，所融合的派别也必很多，犹如讲优生学的说，血缘复杂必能产优秀的子女一样，商隐也不外此例啊。

商隐这一种文章，很开当时的风气。据新旧《唐书》本传，都说与温庭筠、段成式齐名，号“三十六体”。为什么叫“三十六体”呢？因为三个人都行十六的缘故。

一四　宋四六

宋初文学，是以李商隐为圭臬的，杨亿、刘筠、钱惟演一班人，主持庙堂文学，步武唐贤，眘容大雅。吕祖谦所选的《宋文鉴》不选骈文，独有杨亿的表启却被选入。他的杰作如《驾幸河北起居表》：

> 毳幕稽诛，銮舆顺动，羽卫方离于象魏，天威已震于龙荒，慰边氓徯后之心，增壮士平戎之气。

在我们看来，这也平凡得很，无怪当时人也不甚满意。相传宋初伶人扮戏的，扮李商隐出场，衣裳破烂不堪。人问何以如此，他说近来被“西昆体”（杨亿一班人）诸人挦撦所致。在文学价值上，“西昆体”诚然不甚高妙。

所以后来宋朝一班讲古文的人，遇着作制诰笺表，不能不用骈体的时候，便又开辟一种新的文体来。这种新文体是不用典的骈文，是以古文作法来作的骈文，也可以说是白描的骈文，仿佛画家从金碧山水解放到水墨山水一样。

大约这种风气从欧阳修创始，一时善为古文者，亦无不能作这种骈文，举几个例如下：

欧阳修《谢复龙图阁直学士表》：

> 苟临危效命，尚当不顾以奋身；况为善无伤，何惮竭忠而报国？

又《蔡州乞致仕第二表》：

> 披裘散发，逍遥垂尽之年；凿井耕田，歌咏太平之乐。

苏轼《上陆宣公奏议劄子》：

> 窃谓人臣之纳忠，譬如医者之用药。药虽进于医手，方多传于古人，若已经效于世间，不必皆从于己出。

又《谢量移汝州表》：

疾病连年，人皆相传为已死；饥寒并日，臣亦自厌其余生。

王安石《贺韩魏公启》：

周勃、霍光之于汉，能定策而终以致疑；姚崇、宋璟之于唐，善致理而未尝遭变。

又《乞退第三表》：

忠或不足以取信，而事事至于自明；义或不足以胜奸，而人人与之为敌。

看了这些样子，便知所谓宋四六者只是如此。
再看宋人论四六之论调，就说得细入牛角尖了：
谢伋《四六谈麈》：

四六之工在于裁剪，若全句对全句，亦何以见工。四六经语对经语，史语对史语，诗语对诗语，方妥帖。太祖郊祀，陶穀作赦文，不以“笾豆有楚”对“黍稷非馨”，而曰“豆笾陈有楚之仪，黍稷奉惟馨之荐”。近世王初寮在翰苑，作《宝箓宫青词》云：“上天之载无声，下民之虐匪降。”时人许其裁剪。

王铚《四六话》：

文章有彼此相资之事，有彼此相须之对，有彼此相须而曾不及当时事，此所以助发意思也。唐人方有此格，谓之互换格，然语犹拙，至后人袭用讲论而意益妙。如杨汝士《陪晋公东洛夜宴诗》曰：“昔日兰亭无艳质，此时金谷有高人。”止于此而已。至永叔《和杜岐公诗》曰：“元刘事业时无取，姚宋篇章世不知，二美惟公所兼有，后生何者欲攀追。”其后苏明允《代人贺永叔作枢密启》曰：“在汉之贾谊，谈论俊美，止于诸侯相，而陈平之属实为三公；唐之韩愈，词气磊落，终于京兆尹，而裴度之伦实在相府。然陈平、裴度，未免谓之不文，而韩愈、贾生，亦尝悲于不遇。盖人之于世，美恶必自有伦，而天之于人，赋予亦莫能备。”此又何啻出蓝更青、研朱益丹也。后至荆公《贺韩魏公罢相启》略云：“国无危疑，人以静一。周勃、霍光之于汉，能定策而终以致疑；姚崇、宋璟之于唐，善致理而未尝遭变。纪在旧史，号为元功。固未有独运庙堂，再安社稷，弼亮三世，敉宁四方，崛起在诸公之先，焕乎如今日之懿。若夫进退之当于义，出入之适其时，以彼相方，又为特美。”此又妙矣。

四六有伐山语，有伐材语。伐材语者，如已成之柱桷，略加绳削而已。伐山语者，则搜山开荒，自我取之。伐材谓熟事也，伐山谓生事也。生事必对熟事，熟事必对生事，若两联皆生事，则伤于奥涩，若两联皆熟事，则无工。盖生事必用熟事对出也。如夏英公《辞奉使表》略云：“顷岁先人，没于行陈；春初母氏，始弃孤遗。义不戴天，难下单于之拜；哀深陟岵，忍闻禁佅之音。”不拜单于用郑众事，而公羊谓夷乐曰禁佅，此生事对熟事格也。后永叔作《归田录》，改云：“义不戴天，难下穹庐之拜；情深陟岵，忍闻夷乐之声。”夏英公《免起复奉使表》，世以为工。然其间一联云：“王姬筑馆，接仇之礼既嫌；曾子回车，胜母之游遂辍。”此联亦不减前一联也。

这种议论，未免太尖巧了。宋四六的好处，自然是清空质直而疏快，但是宋人只有一两联精警的句子，而没有整篇出色的大文章，像《哀江南赋》《滕王阁序》之类。所以在文学史上，不能说有很大的造诣。

不过像汪藻的《代隆祐太后诏书》，却是值得称颂的。隆祐是哲宗的废后，早已出宫的了。当张邦昌僭位之后，不为人心所归，便想迎立康王，而又不便自己出面，于是请出这位太后，用她的名义下诏劝进。这是极复杂的情势，看他用何等精警的结构，细密的针缕，将这曲折的情事，宣达出来：

比以敌国兴师，都城失守。祲缠宫阙，既二帝之蒙尘，诬及宗祊，谓三灵之改卜。众恐中原之无统，姑令旧弼以临朝。虽义形于色，而以死为辞；然事迫于危，而非权莫济。内以拯黔首将亡之命，外以舒邻国见逼之威。遂成九庙之安，坐免一城之酷。乃以衰癃之质，起于闲废之中。迎置宫闱，进加位号。举钦圣已行之典，成靖康欲复之心。永言运数之屯，坐视邦家之覆，抚躬独在，流涕何从！缅惟艺祖之开基，实自高穹之眷命。历年二百，人不知兵，传序九君，世无失德。虽举族有北辕之衅，而敷天同左袒之心。乃眷贤王，越居近服，已徇群情之请，俾膺神器之归。繇康邸之旧藩，嗣我朝之大统。汉家之厄十世，宜光武之中兴；献公之子九人，惟重耳之尚在。兹惟天意，夫岂人谋？尚期中外之协心，同定安危之至计。庶臻小愒，同底丕平。用敷告于多方，其深明于吾意！

这时候金人之余威尚在，邦昌是以金人之意旨而即帝位的，所以开头几句，极力替金人留余地。词气之间，极其平妥。而宋人又很不以邦昌称帝为然，所以又必须极力为邦昌洗刷，所以有“义形于色”的几句。而隆裕太后以局外人来发诏命，又必须有几句斡旋的话。到“永言运数之屯”以下，方才慷慨激昂流涕而道。“汉家之厄十世”，比喻既极其精切，神情尤为悲壮。通共不曾到三百字，其中何等曲折，何等庄严，何等妥帖，这不能不说宋人四六中的杰作了。

宋四六之余风，到清末还很流行。张之洞便擅长此道，他在庚子乱后谢加太子少保衔，折子道：

伏念……北畿俶扰，南纪震惊，致两宫之播迁，经一年而始定。臣障川力薄，瞻极神飞，既未能提桴鼓以收京，又不获执羁靮而捍圉，外惭内疚，有罪无功。……今者钟簴依然，威仪重睹，既举居行之赏，兼甄薪突之劳，恭逢国是之昭明，岂意宫僚之滥附。……元祐手书，多难而不忘黎庶；兴元赦诏，责躬而曲奖臣僚。敢贪天以为功，实临谷而滋惧。臣惟有经营毕路，休养穷檐，治兵求效于补牢，兴学图功于炳烛。范文受赏，曾何力于伐齐？管仲纳规，愿无忘于在莒。

这段文章，几乎一句转一意，无一意不深，亦无一句不切。确是能传宋人衣钵的第一流手笔咧。

一五　清骈文

元明以后，骈文绝响。为什么呢？那个时代承南宋人的风气，多不读书。于是乐散文之简易，而惮骈文之繁复，号称作者，都只作散文，应用方面，也以散文为多，而骈文只限于一部分的用处。于是骈文成为极狭隘的用途，也就变成极卑陋的风格。

明朝人只有笺启上用四六，现在偶然看见一些，都恶劣不堪，直到清初，犹是此种风气。李渔有一部《四六初征》，大约就是专为当时书启师爷用的，看他所选的，简直令人作呕：

> 柏叶萃钟峰，喜挹迁莺之雅度；芹香凝泮水，欣瞻并马之清辉。……江渚芦花，十道霏霏吹彩仗；淮楼夜月，一轮皎皎伴闲堂。霜澄秋水入龙门，人争逐浪；露染春林趋鹤禁，士羡扳云。

当清初人文蔚起之时，一切风尚，都力矫明人之空疏弇陋，所以不期然而然地很有些从事于选体的骈文，把六朝、三唐的风格一齐揉入。这个时期的代表，是陈其年、毛奇龄一班人。其年的文章最为宏富，汪琬说开宝以来七百年无此文，在宋明以后，看见这种文字，诚然不能不有此感想。他的名作如：

> 于是操弦泣下，搦管悲来，北渡萧综，时闻落叶；南归苻朗，每见江流。客自佣奴，鲜击堂前之筑；人非太子，能吹天上之笙。固已箭泣长杨，岂但河悲酸枣。（《与芝麓先生书》）

这就很可以代表他的好处了。大概他们的文章，气势能疏宕而不能凝重，色泽能妍艳而不能浓厚，所以在当时虽算佼佼者，而终不能成独到的作家。

乾隆以后，新起的作家有胡天游。他的文格，较之清初又进一步。这是因为读书的风气渐开，所以可运用的资料益加丰富，骈文家利用这一点，便可以作成沉博绝丽的文章。

试看胡氏的《一统志序》。这是何等不宜于骈文的题目啊！然而他作出来，便精丽夺目，好像七宝装成一样：

继天测灵，厚德载物，含运元化，庞侔堪舆，高七制而叙五期，式九围以洞三极。寒暑节气，均调八纮；鲲鲸彗涛，晏静夏海。草木合向而拱附，牛马依律而内首。日月之所出入，风雨之所往来，青羌攒树之郊，丹栗沸水之野。莫不荐版环幅，同朔共采。过神农之表，穷桑孰知其几旬？带昆仑以还，提封何较于三万。

他的大文章，如《玉清宫碑》《禹陵碑铭》之类，都不愧“沉博绝丽”四字，至少可以骖靳唐人。姑无论创造的工夫怎样，在当时总是特立独行，不同流俗的。

清代的骈文，到洪亮吉而一大变。洪氏是常州人，于是成其所谓“常州派”。洪氏自己也是讲考据的，然而他的文章特点，并不在其用典渊博，而在其格调纤新。试以下列一文来看：

小雨忽晴，秋花转媚。云溪小阁，月来沉沉。钱唐郭生，南巷吕子，或携壶觞，远挈箫笛。予与孙君，买舟深港，径可十尺，租才百钱。王生居廛，叠市甘脆，菱栗之属，粲已盈艇。与二三子拍浮其中，幛袖作帆，折柳代楫。西经红桥，东阳北郭，两岸宿鸟，一川游鱼，随波沸腾，离树上下，啾啾唧唧，声不得歇。沿溪以北，稍有竹树，下荫密藻，宽可弥亩。黑白万羽，浮沉千头，波喧叶飞，悉萃其里。从洲以南，檐瓦可数，桥阴数尺，乃界中外，孤箫一声，高树答响。

洪氏有一篇游戏文，题目叫《七招》，描叙当时友朋征逐、服御嗜好之事，是骈文中很有生气的。兹录一段如下：

古剌之丸（古剌水，自明永乐中入中国，今故家时有之），欧罗之表（大西洋人制表极精，恒百金直一），千钧则如意，百串则多宝。乃有吕宋所产，一世瑞草。含茹则火入四肢，呼吸则烟腾百窍。蒸淫不歇，薰炙子鼻（烟草一种，百年来盛行，近复尚鼻烟，皆刳玉为瓶。精者至穴大珠为之）。五官拉杂，黑塞窍穴。珠胎既凌刳，玉孕复剖裂。他若士有女行，则冠绅而约阑（吴俗男子，腕皆喜约金玉阑及佩玦）；弱为武容，则尊俎而佩玦。若此者，皆世之所珍，而吾子不能举其质。

与洪氏齐名的，如邵齐焘、吴锡麒、刘嗣绾、彭兆荪、乐钧、曾燠，都大同小异。到了清末，李慈铭一班人，便专学洪氏这一派，虽然写景尖新，无奈总不自然。骈文到此地步，也就无怪为人所轻视了。姑录一段，以见一斑：

晚烟冲郭，寒月出林；群季毕来，孤棹始发。沿上柴下柴之曲，绝东滩西滩之流，人语隔篱，水色浮楼，港溆折而渐暝，墟落寂而入幽。……冻竹万竿，镂月流地；霜叶积尺，青鞋有声。缃梅作花，罗襟乱馥，栖禽惊噪，或移别枝，池泉暗流，时滴清响。（《暮冬夜与族兄弟宴梅山寺诗序》）

清人的骈文，除了过于尖新之外，还有几种缺点。一是用典不伦。例如袁枚《贺傅经略启》：“殷武伐荆蛮，谁能深入？岳侯讨杨太，除是飞来。”像他所用的两个故典，时代未免相差太甚，轻重也不伦。

二是炼字太过。例如刘嗣绾《与王秋塍书》：“足下棠阴益繁，阶草方绿；牍下如水，琴鸣有风。”这种话头，未免有点令人费解咧。

三是开阖势弱。例如彭兆荪《周忠武夫人庙碑》：“某备官斯土，敬仰明威，仿度尚之文，当巫咸之祝。爰镌文字，树以穹碑。盖将铭勒金石，质之乾坤，礼也。”平铺直叙，复沓冗弱，全无振荡排奡之势。

清代骈文正宗，还应当推纪昀一派。他们作应用文而不拘于摹古，可是古人的长处，如色泽鲜明、句调齐整、气势清劲、用事精切，都能融贯容纳。这才是真正自己的文章，也是代表时代的文章。

纪氏有《平定两金川露布》一文，叙金川战事，委曲层折，都能写出。真是骈文所不易到之境。例如他叙金川的来历：

> 盖四万八千岁后，至建兴始控以城，而五百六十人中，在嘉靖尚名以寺。

又如他写进兵遇雨之事：

> 会以风吹山带，乍浮迎阵之云；水挽入河，预洒洗兵之雨。苔衣夜滑，未利行师；岚气晨蒸，且留养锐。计其时日，正同虞帝之七旬；简我车徒，乃及宣王之六月。

像他总叙的一段，尤其声容并茂：

> ……黎风雅雨，和甘过大渡河边；羌竹蛮花，葱蔚接

无忧城外。巴渝旧舞，齐随破阵之歌；蜀国新弦，总奏平边之乐。往者天山左右，宣威而宛马东来；今兹益部西南，讨叛而参狼内向。后先一辙，总圣皇独运之谟；上下千年，皆旧史未闻之事。

在洪氏提倡常州派的同时，却有扬州的汪中，很有倾向六朝独树一帜之意。汪氏的佳篇，如《琴台铭》《吊马守真文》《哀盐船文》《自序》等，骈散兼行，萧疏雅淡，很能代表他的个性。《自序篇》中如：

夫亮节慷慨，率性而行，博极群书，文藻秀出，斯惟天至，非由人力。虽情符曩哲，未足多矜。余玄发未艾，野性难驯，麋鹿同游，不嫌摈斥，商瞿生子，一经可遗，凡此四科，无劳举例。……是知九渊之下，尚有天衢；秋荼之甘，或云如荠。我辰安在？实命不同！劳者自歌，非求倾听。

这种文字，放在六朝人文集中，亦不可辨。不过汪氏的学问虽博雅，文章只具别裁，尚未到十分成熟之境。

到了清的季年，方才有一种回复到六朝文体之运动。这种运动，可以说以湘潭王闿运为领袖。

作骈体的，没有不以六朝为依归的，然而别人尽管依傍六朝，总不免有些驳杂，唯有王氏简直是六朝人的脱胎、六朝人的返魂，而没有一些杂血搀和在内。在一方面说，模仿因袭，不能算文学的极则。然而取法乎上，力矫时弊，这不能［不］认为极有勇气的运动。

他生于道光中叶，出身是穷书生的家庭，可是弱冠时已在长沙盛享文名。咸丰元年中举以后，就入京游于权臣肃顺之门。又屡次干谒曾国藩，大言自喜，有志于当世之事，结交的卿相名人也很多。后来隐居衡山十二年，专研经学。中年以后，教授生徒，很得许多有力的弟子。所以他一生的经历，奇诡而丰富，他的学术，切实而渊博，是他的文学成功两大原因，其他纯粹文人不易几及。

他的有名作品之中，《嘲哈密瓜赋》与《吊朱生文》两首，最是他出神入化之作。面目是汉魏人的面目，可是绝无因袭的痕迹。

《嘲哈密瓜赋》有几句描写西瓜的是：

役死者数万，得瓜一石，橐驼负载，千里一息，至于御前，蒂尚未黑。水若浮匏，刀若画雪。香散四坐，味已入咽。

甜若嚼霜，爽而无屑。寒若照胆，肝肺沥沥。烦豁氛静，其品第一。

而他讥刺哈密瓜的是：

尔其为状，则猥琐宛转，拥肿卷曲。堕似败絮，重赘多肉。皮则不坚不柔，非青非绿，以为黄瓤，又不可熟。瓤则甜比败蜜，厥气生腥，榨之无浆，含之不冰，黏滞软涩，状譬胶饧，圃中南瓜，正可为兄。曾不自耻，而贡于京。则有膏粱余子，食无正味，问其地产，而转自相贵，乞分十一，爰祭爰馈。或田舍诸生，官若侏儒，荣其得赐，怀持归家，反复叠传，曾不敢咀，黑腐败坏，犹欲为菹，又安敢毁誉乎？

这是何等敏妙的幽默呀！

《吊朱生文》则笔下带有极深锐的情感：

……嗟余六载，再旅于京。今逢朱子，昔吊唐生。惟子之里，乃余旧乡。后先同举，齿辈齐行。生不相识，死不相伤。何心邂逅，相见道旁。见子云何？惟仆惟马。二骡负棺，摇摇于野。风吹绿杨，霤雨大洒。回此旷怀，潸然涕下。

其最擅场者，仍为庾子山派的文章。他在咸丰四年江南初乱时，作了一篇《哀江南赋》，全用子山旧韵，而叙的都是新事：

轰然并泮，遗民尽散。半夜鸡荒，空江星乱。明月孤城，寒沙远岸。身危于潘岳，神伤于荀粲。瞻兄有行路之谣，望子有登山之叹。绵邈关河，浮萍逝波。红粉之楼遂圮，燕支之色无多。感匏瓜于洛浦，思织女于天河。杞梁妻之新曲，伯玉子之哀歌。

其碑志之文，如《张祖同妻周氏墓志》：

续之通礼，蘋鱼之教方成；湘浦传芳，荃药之门始大。东方月出，纁币五双；南国桃夭，华年十九。……王婉罗之云楼，不偕君宝；杨容华之长簟，留与安仁。青山有埋玉之丘，白蘋非张帏之地。

其写景之文，如《秋醒词序》：

揽衣出房，星汉照我。北斗摇摇，庭院垂光。芳桂一株，自然胜露。秋竹数茎，依其向月。青扉半开，知薄寒之已入；蜃墙如练，映苔地以逾阴。象床低彩凤之帷，金缸续盘龙之焰。罗帱轻扬，而已惊蚊宿；琐窗无听，而坐闻虫语。湛湛之露，隔鸳瓦而犹凉；淅淅之风，送鸡声而俱远。

这都是从六朝文变化出来的。骈文的正宗到了王氏，可云绝响了。

一六 律赋与八股

骈文的正宗讲完了，不能不讲一点别裁支流，以助余兴。

律赋是唐朝人所兴的，它的特点，是以组织工丽、音韵谐靡、贴切题旨为归。原来唐朝场屋中所考的赋，就是这一种赋。

大凡一种文字作成了一定格式，强迫人人仿效的，总不能好。八股文之所以不好在此，桐城古文之所以不好也在此，而律赋之所以不能好也不外乎此。再加以律赋的用途，大抵不离乎颂圣。请问颂圣的文字，能够发挥什么了不得的文学之美吗？所以律赋，很不为学者所乐道咧。

然而律赋的历史很长，自唐以来，未曾中断，前清翰林官考差仍旧用赋，与白折小楷并重的。年代久了，琢磨愈精。赛如那古玩中的雕漆品一般，很有一种别致可爱的意思。

大凡看律赋的好坏，全在破题。破题就是开头的几句话叫人开门见山的意思。所以这几句话必须笼罩全题贴切题意，简明而稳重，雄健而高华。要这几种好处全备，才算得合作。如今只看唐朝李程应试的时候作的《日五色赋》，开头两句为古今所称颂的，就可以窥见一斑了。他那两句是：

德动天鉴，祥开日华。

在这八个字当中，“日五色”三个字全都发挥尽致，并且还揭明颂圣的意思，这是何等的简括而贴切呀！

凡是场屋的文字，都重在一个开头的冒子。要这个冒子动听，才能得主司的青眼，所以八股文，也是讲究破题要作得好。从前学作八股文，总是先学作破题的。记得《制义丛话》上面说：有人以“吉房出售”为题目，用四书成语作破题。他的两句是：“旷安宅而弗居，求善价而沽诸。”两句就把题目扣定，一丝不走，几乎变成谜语似的。这都是从律赋来的诀窍呀。

律赋讲求贴切，于是用种种纤巧的方法扣定题字来衬托，结果不免小巧，实在是文字中的恶障。再加以对仗过于精工，音调过于谐靡，而所使的事不能新鲜，所写的景也不能亲切，比起所谓律诗来，更觉得途径太窄，体格太拘，的确是不足登大雅之堂的。唐朝钱起的《尺波赋》有两句道：

> 流脉中移，类蠖影求伸之际；浮光上射，若雪华呈瑞之初。

一句切“尺”字，一句切“波”字，纵使算他巧思绮合，然而究竟有什么意味呢？

然而有一种境界，却是律赋开的。就是用成语，以议论叙事。张何《授衣赋》有两句：

> 损益从时，取其观古人象；玄黄既绩，可以为公子裳。

周存《太常新复乐悬赋》亦云：

> 礼乐之仪，虽可久而可大；文武之道，亦一弛而一张。

唐人开这一派之后，宋人又推波助澜。于是格局虽然还是律赋，气息却近于散文，读起来很清快可喜。于是把李纲的《折槛旌直臣赋》写一段来看：

辱师傅之贵，虽曰敢言；干雷霆之威，自应可斩。而天子能恕，将军敢争，因免冠而致悟，乃饰槛以为旌。……径命驾去，不为薛宣而少留；趣和药来，更助萧公之引决。惟直情而径行，故太刚而必折。

宋朝人作骈文，都是用的此法，其详已见《宋四六》章中，此处不必再说了。

律赋是场屋中用的，所以须限官韵。大概用七八个字的一句话，与题目有些关系的，拈了出来，说以某某为韵，士子便按得着这韵用，并且还须按次序用。到前清时代，还须将官韵的字，押在每一段的末一句，这无非是防弊的法子。法制愈严，所以自然的趣愈没有，而愈难作得好了。

唐人的律赋，在《文苑英华》里，收得颇多。明清人的赋，却多半不收入自己的文集的，也因为不足登大雅之堂的原故。讨论律赋的作法的，有乾隆中李调元所撰《赋话》两卷。

一七　八股与骈文

从骈文说到八股，或者太远了罢！然而这并不是什么奇怪的事。场屋的文字，必须求其有标准可循。唐朝的科举，是用律赋、律诗选士的，到了宋朝改用经义，明以后更着重在四书文上面。弄来弄去，便把四书文也作成一定的格式。有了一定的格式，自然就是排偶，于是所谓八股者出焉。八股的结构大概一是破题，二是承题，三是起讲，四是前比，五是中比，六是后比，七是后面的总结。

破题、承题等类，当然是散文，而前比、中比、后比——八股的中心，就俨然是骈体的形式了。不过骈文的对句是很短的，而八股则是以整段作对的。随便找一个例证：[①]

① 此篇是张江的《不啻若自其口出》一文，见《八铭塾钞》。

乃一个臣之好彦圣则不然,其好之而金玉尔音也,则愠,愠斯戚,戚斯叹矣,而怅伊人于秋水者,即苍葭白露,如闻太息之声;其好之而干旌予告也,则喜,喜斯陶,陶斯咏矣,而歌吉士于卷阿者,即车马梧桐,亦写风流之韵。

从“其好之而金玉尔音”一段,一直对“其好之而干旌予告”一段,这是何等的长对?而且拿“蒹葭白露”对“车马梧桐”,全用经语,又是何等妍丽的句调。所以说八股实在是骈文的支流余裔,也可以说是骈文的最下乘。

再看中比:

为庙社求股肱,则贤宰相上书于阙下,拜手而颂曰“非枳棘之才”,扬言而称曰“是圭璋之器”。寡君闻之,每饭不忘也。曰:不穀好士,亦奏《鹿鸣》、歌《鱼丽》焉,顾孰若自其口出者之津津哉?而要其津津于口者可尽,其津津于心者难尽也。此并非我寡君所及闻已。

为闾阎求父母,则贤宰相下教于国中,昭其德音曰“四国之膏雨”,式其丰采曰“下士之仪型”。百姓知之,喜色相告也。曰:小人好德,亦咏《缁衣》、赓《赤舄》焉,顾孰若自其口出者之款款乎?而要其款款于口者可悉,其款款于心者难悉也。此并非尔百姓所及知已。

再看后比：

以执政而论定官方，亦持衡有体，乃至琐屑出之，而犹若略者，好之深，则口之数终未满其心之数也。不然，九德亦举其凡，而宽栗直温，必拟议以尽变；三事亦惟其备，而准夫常牧，必反复以致虔。彼独不自觉其费辞哉。

以元老而昌言贤士，亦正大可风，乃至怪诞出之，而犹若平者，好之深，则口之态终莫肖其心之态也。不然，柔惠如申，而歌功者遂惊为岳降；明哲如甫，而颂德者遂叹为天生。彼独不自觉其妄语哉。

《明史·选举志》说：

其文略仿宋经义，然代古人语气为之，体用排偶，谓之八股，通谓之制义。

顾炎武说（见《日知录》）：

经义之文，流俗谓之八股，盖始于成化以后。股者，对偶之名也。天顺以前，经义之文不过敷演传注，或对或散，初无定式，其单句题亦甚少。成化二十三年，会试《乐天者保天下》文，起讲先提三句，即讲“乐天”，四股；中间过接四句，复讲“保天下”，四股；复收四句，再作大结。……每四股之中，一反一正，一虚一实，一浅一深。其两扇立格，则每扇之中，各有四股，其次第文法，亦复如之。故今人相传谓之“八股”。

国家新闻出版广电总局
首届向全国推荐中华优秀传统文化普及图书

大家小书书目

国学救亡讲演录	章太炎　著　蒙　木　编
门外文谈	鲁　迅　著
经典常谈	朱自清　著
语言与文化	罗常培　著
习坎庸言校正	罗　庸　著　杜志勇　校注
鸭池十讲（增订本）	罗　庸　著　杜志勇　编订
古代汉语常识	王　力　著
国学概论新编	谭正璧　编著
文言尺牍入门	谭正璧　著
日用交谊尺牍	谭正璧　著
敦煌学概论	姜亮夫　著
训诂简论	陆宗达　著
金石丛话	施蛰存　著
常识	周有光　著　叶　芳　编
文言津逮	张中行　著
经学常谈	屈守元　著
国学讲演录	程应镠　著
英语学习	李赋宁　著
中国字典史略	刘叶秋　著
语文修养	刘叶秋　著
笔祸史谈丛	黄　裳　著
古典目录学浅说	来新夏　著
闲谈写对联	白化文　著
汉字知识	郭锡良　著
怎样使用标点符号（增订本）	苏培成　著
汉字构型学讲座	王　宁　著

诗境浅说	俞陛云　著
唐五代词境浅说	俞陛云　著
北宋词境浅说	俞陛云　著
南宋词境浅说	俞陛云　著
人间词话新注	王国维　著　滕咸惠　校注
苏辛词说	顾　随　著　陈　均　校
诗论	朱光潜　著
唐五代两宋词史稿	郑振铎　著
唐诗杂论	闻一多　著
诗词格律概要	王　力　著
唐宋词欣赏	夏承焘　著
槐屋古诗说	俞平伯　著
词学十讲	龙榆生　著
词曲概论	龙榆生　著
唐宋词格律	龙榆生　著
楚辞讲录	姜亮夫　著
读词偶记	詹安泰　著
中国古典诗歌讲稿	浦江清　著 浦汉明　彭书麟　整理
唐人绝句启蒙	李霁野　著
唐宋词启蒙	李霁野　著
唐诗研究	胡云翼　著
风诗心赏	萧涤非　著　萧光乾　萧海川　编
人民诗人杜甫	萧涤非　著　萧光乾　萧海川　编
唐宋词概说	吴世昌　著
宋词赏析	沈祖棻　著
唐人七绝诗浅释	沈祖棻　著
道教徒的诗人李白及其痛苦	李长之　著
英美现代诗谈	王佐良　著　董伯韬　编
闲坐说诗经	金性尧　著
陶渊明批评	萧望卿　著

古典诗文述略	吴小如　著
诗的魅力 ——郑敏谈外国诗歌	郑　敏　著
新诗与传统	郑　敏　著
一诗一世界	邵燕祥　著
舒芜说诗	舒　芜　著
名篇词例选说	叶嘉莹　著
汉魏六朝诗简说	王运熙　著　董伯韬　编
唐诗纵横谈	周勋初　著
楚辞讲座	汤炳正　著 汤序波　汤文瑞　整理
好诗不厌百回读	袁行霈　著
山水有清音 ——古代山水田园诗鉴要	葛晓音　著
红楼梦考证	胡　适　著
《水浒传》考证	胡　适　著
《水浒传》与中国社会	萨孟武　著
《西游记》与中国古代政治	萨孟武　著
《红楼梦》与中国旧家庭	萨孟武　著
《金瓶梅》人物	孟　超　著　张光宇　绘
水泊梁山英雄谱	孟　超　著　张光宇　绘
水浒五论	聂绀弩　著
《三国演义》试论	董每戡　著
《红楼梦》的艺术生命	吴组缃　著　刘勇强　编
《红楼梦》探源	吴世昌　著
《西游记》漫话	林　庚　著
史诗《红楼梦》	何其芳　著 王叔晖　图　蒙　木　编
细说红楼	周绍良　著
红楼小讲	周汝昌　著　周伦玲　整理

曹雪芹的故事	周汝昌　著　周伦玲　整理
古典小说漫稿	吴小如　著
三生石上旧精魂 ——中国古代小说与宗教	白化文　著
《金瓶梅》十二讲	宁宗一　著
中国古典小说十五讲	宁宗一　著
古体小说论要	程毅中　著
近体小说论要	程毅中　著
《聊斋志异》面面观	马振方　著
《儒林外史》简说	何满子　著
我的杂学	周作人　著　张丽华　编
写作常谈	叶圣陶　著
中国骈文概论	瞿兑之　著
谈修养	朱光潜　著
给青年的十二封信	朱光潜　著
论雅俗共赏	朱自清　著
文学概论讲义	老　舍　著
中国文学史导论	罗　庸　著　杜志勇　辑校
给少男少女	李霁野　著
古典文学略述	王季思　著　王兆凯　编
古典戏曲略说	王季思　著　王兆凯　编
鲁迅批判	李长之　著
唐代进士行卷与文学	程千帆　著
说八股	启　功　张中行　金克木　著
译余偶拾	杨宪益　著
文学漫识	杨宪益　著
三国谈心录	金性尧　著
夜阑话韩柳	金性尧　著
漫谈西方文学	李赋宁　著
历代笔记概述	刘叶秋　著

周作人概观　舒　芜　著
古代文学入门　王运熙　著　董伯韬　编
有琴一张　资中筠　著
中国文化与世界文化　乐黛云　著
新文学小讲　严家炎　著
回归，还是出发　高尔泰　著
文学的阅读　洪子诚　著
中国文学1949—1989　洪子诚　著
鲁迅作品细读　钱理群　著
中国戏曲　么书仪　著
元曲十题　么书仪　著
唐宋八大家——古代散文的典范　葛晓音　选译

辛亥革命亲历记　吴玉章　著
中国历史讲话　熊十力　著
中国史学入门　顾颉刚　著　何启君　整理
秦汉的方士与儒生　顾颉刚　著
三国史话　吕思勉　著
史学要论　李大钊　著
中国近代史　蒋廷黻　著
民族与古代中国史　傅斯年　著
五谷史话　万国鼎　著　徐定懿　编
民族文话　郑振铎　著
史料与史学　翦伯赞　著
秦汉史九讲　翦伯赞　著
唐代社会概略　黄现璠　著
清史简述　郑天挺　著
两汉社会生活概述　谢国桢　著
中国文化与中国的兵　雷海宗　著
元史讲座　韩儒林　著

魏晋南北朝史稿	贺昌群　著
汉唐精神	贺昌群　著
海上丝路与文化交流	常任侠　著
中国史纲	张荫麟　著
两宋史纲	张荫麟　著
北宋政治改革家王安石	邓广铭　著
从紫禁城到故宫 ——营建、艺术、史事	单士元　著
春秋史	童书业　著
明史简述	吴　晗　著
朱元璋传	吴　晗　著
明朝开国史	吴　晗　著
旧史新谈	吴　晗　著　习　之　编
史学遗产六讲	白寿彝　著
先秦思想讲话	杨向奎　著
司马迁之人格与风格	李长之　著
历史人物	郭沫若　著
屈原研究（增订本）	郭沫若　著
考古寻根记	苏秉琦　著
舆地勾稽六十年	谭其骧　著
魏晋南北朝隋唐史	唐长孺　著
秦汉史略	何兹全　著
魏晋南北朝史略	何兹全　著
司马迁	季镇淮　著
唐王朝的崛起与兴盛	汪　篯　著
南北朝史话	程应镠　著
二千年间	胡　绳　著
论三国人物	方诗铭　著
辽代史话	陈　述　著
考古发现与中西文化交流	宿　白　著
清史三百年	戴　逸　著

清史寻踪	戴　逸　著
走出中国近代史	章开沅　著
中国古代政治文明讲略	张传玺　著
艺术、神话与祭祀	张光直　著 刘　静　乌鲁木加甫　译
中国古代衣食住行	许嘉璐　著
辽夏金元小史	邱树森　著
中国古代史学十讲	瞿林东　著
宾虹论画	黄宾虹　著
中国绘画史	陈师曾　著
和青年朋友谈书法	沈尹默　著
中国画法研究	吕凤子　著
桥梁史话	茅以升　著
中国戏剧史讲座	周贻白　著
中国戏剧简史	董每戡　著
西洋戏剧简史	董每戡　著
俞平伯说昆曲	俞平伯　著　陈　均　编
新建筑与流派	童　寯　著
论园	童　寯　著
拙匠随笔	梁思成　著　林　洙　编
中国建筑艺术	梁思成　著　林　洙　编
沈从文讲文物	沈从文　著　王　风　编
中国画的艺术	徐悲鸿　著　马小起　编
中国绘画史纲	傅抱石　著
龙坡谈艺	台静农　著
中国舞蹈史话	常任侠　著
中国美术史谈	常任侠　著
说书与戏曲	金受申　著
世界美术名作二十讲	傅　雷　著
中国画论体系及其批评	李长之　著

金石书画漫谈	启 功 著 赵仁珪 编
吞山怀谷	
——中国山水园林艺术	汪菊渊 著
故宫探微	朱家溍 著
中国古代音乐与舞蹈	阴法鲁 著 刘玉才 编
梓翁说园	陈从周 著
旧戏新谈	黄 裳 著
民间年画十讲	王树村 著 姜彦文 编
民间美术与民俗	王树村 著 姜彦文 编
长城史话	罗哲文 著
天工人巧	
——中国古园林六讲	罗哲文 著
现代建筑奠基人	罗小未 著
世界桥梁趣谈	唐寰澄 著
如何欣赏一座桥	唐寰澄 著
桥梁的故事	唐寰澄 著
园林的意境	周维权 著
万方安和	
——皇家园林的故事	周维权 著
乡土漫谈	陈志华 著
现代建筑的故事	吴焕加 著
中国古代建筑概说	傅熹年 著
简易哲学纲要	蔡元培 著
大学教育	蔡元培 著
	北大元培学院 编
老子、孔子、墨子及其学派	梁启超 著
春秋战国思想史话	嵇文甫 著
晚明思想史论	嵇文甫 著
新人生论	冯友兰 著
中国哲学与未来世界哲学	冯友兰 著

谈美	朱光潜　著
谈美书简	朱光潜　著
中国古代心理学思想	潘　菽　著
新人生观	罗家伦　著
佛教基本知识	周叔迦　著
儒学述要	罗　庸　著　杜志勇　辑校
老子其人其书及其学派	詹剑峰　著
周易简要	李镜池　著　李铭建　编
希腊漫话	罗念生　著
佛教常识答问	赵朴初　著
维也纳学派哲学	洪　谦　著
大一统与儒家思想	杨向奎　著
孔子的故事	李长之　著
西洋哲学史	李长之　著
哲学讲话	艾思奇　著
中国文化六讲	何兹全　著
墨子与墨家	任继愈　著
中华慧命续千年	萧萐父　著
儒学十讲	汤一介　著
汉化佛教与佛寺	白化文　著
传统文化六讲	金开诚　著　金舒年　徐令缘　编
美是自由的象征	高尔泰　著
艺术的觉醒	高尔泰　著
中华文化片论	冯天瑜　著
儒者的智慧	郭齐勇　著
中国政治思想史	吕思勉　著
市政制度	张慰慈　著
政治学大纲	张慰慈　著
民俗与迷信	江绍原　著　陈泳超　整理
政治的学问	钱端升　著　钱元强　编

从古典经济学派到马克思	陈岱孙　著
乡土中国	费孝通　著
社会调查自白	费孝通　著
怎样做好律师	张思之　著　孙国栋　编
中西之交	陈乐民　著
律师与法治	江　平　著　孙国栋　编
中华法文化史镜鉴	张晋藩　著
经济学常识	吴敬琏　著　马国川　编
中国化学史稿	张子高　编著
中国机械工程发明史	刘仙洲　著
天道与人文	竺可桢　著　施爱东　编
中国医学史略	范行准　著
优选法与统筹法平话	华罗庚　著
数学知识竞赛五讲	华罗庚　著
中国历史上的科学发明（插图本）	钱伟长　著

出版说明

“大家小书”多是一代大家的经典著作，在还属于手抄的著述年代里，每个字都是经过作者精琢细磨之后所拣选的。为尊重作者写作习惯和遣词风格、尊重语言文字自身发展流变的规律，为读者提供一个可靠的版本，“大家小书”对于已经经典化的作品不进行现代汉语的规范化处理。

提请读者特别注意。

北京出版社